夏の戻り船

くらまし屋稼業

今村翔吾

時代小説文庫

角川春樹事務所

序章

風の中に漂う香りは薄紅色の甘いものから、青く爽やかなものに変わりつつある。季節は確実に春から夏へと移ろっていた。

今日は薬師の縁日、堤平九郎《つつみへいくろう》は上野寛永寺《うえのかんえいじ》で飴細工《あめざいく》を商っていた。昼までは子連れの客が多く忙しかったが、未《ひつじ》の刻（午後二時）を過ぎたあたりからぱったりと客足が途絶えている。

少し早いが店仕舞いしようか。この陽気は人を緩ませるに十分であった。

「波積屋《はづみや》に行くかな」

平九郎は大きな欠伸《あくび》をして呟《つぶや》いた。誰か相手がいる訳ではない。独り言である。目尻に浮かぶ涙を指で拭《ぬぐ》い、道具を片付けようとした時、こちらに向かって来る男が目に入った。歳は二十五、六といったところ。小ぶりの銀杏髷《いちょうまげ》で、月代《さかやき》もしっかりと剃《そ》られている。身に着けている物もなかなか上等である。商いが上手くいっている商人といったところか。

道具を片付ける手を止めず、今一度横目でちらりと見た。男は確実にこちらに近づいて来ている。

飴細工の客の大半は子ども。あるいは子ども連れである。大人一人の客は珍しい。

そしてそのような客は十中八九が、

——勤めの依頼。

なのである。

平九郎は警戒しつつ手を動かした。

「もう終わりかい？」

男は少し残念そうな顔で尋ねてきた。

「そうしようかなと思っていやしたが、お望みならば作りますよ」

明るく答えると、男の顔が綻《ほころ》んだ。

「それはありがたい。何が作れるんだい？」

すでに見本の十二支は片付けてしまっている。これでは解らないのも無理はないだろう。

「十二支から選んで頂ければ」

平九郎は鍋の蓋《ふた》を取ると、中の飴を箆《へら》で掻《か》きまわし始めた。まだ十分柔らかく、細工することも出来る。

「どうしようかな……」

男は顎《あご》に手を添えて考え込んでいた。

「ゆっくり選んで下さい」

「うーん。じゃあ、ね……」

一瞬、胸の鼓動が微かに速くなる。

「ずみ」

「子《ね》ですね」

平九郎はにこりと笑い、掌《てのひら》に飴をとって手早く丸め始めた。

「熱くないのかい?」

「皆に訊《き》かれますよ。それが全く……熱いんです」

「熱いのかい。熱くないって言う流れだったんじゃあないか」

男はからからと笑った。

「慣れはしますが、それでも熱いもんです」

「そんなもんかね」

摘《つま》んで丸めた飴を葦《あし》の棒の先に刺すと、鋏《はさみ》を手に取った。

「旦那《だんな》、お子さんにですか?」

「子はまだ一歳でね。飴はちと早いね」

「じゃあ……」

「女房さ。細かい仕事が好きでね。甘いものも好きときたもんさ。土産《みやげ》に買って帰ったら喜ぶだろうと思ってね」

平九郎は鋏で飴を引っ張り出し、小気味よい音を立てて切れ込みをいれていく。

「へえ、仲がよろしいんですな」

「夫婦《めおと》になってまだ二年も経《た》っていないからね」

「そのうち尻に敷かれますよ」

「もう敷かれ始めているよ」

互いに軽口を叩《たた》いている間に飴細工が出来た。

「はい。どうぞ」

「上手いもんだ。幾らだい?」

「五文頂きます」

「ちょっと待っておくれよ」

男は財布を取り出して中を改めると、眉《まゆ》を八の字にして小さく唸《うな》った。

「持ち合わせがないので、これでいいかい？」

「お客さん、これじゃ多すぎる」

「露銀《つゆぎん》さ」

小粒銀の中で一匁《もんめ》より小さなものをそう言い、支払いの調整などに使うことが多い。男が手渡してきたものは確かに小さいが、それでも五十文の価値はあろうかと思われた。

「じゃあ、釣りを……」

「いいから取っておいてくれ。今日はいい商売ができて気分がいいのさ。それに私は羽振りがいい」

自ら言うので平九郎は噴き出してしまった。

「では、お言葉に甘えて。旦那、名を聞かせて下さいよ」

「日本橋《にほんばし》の灰谷《はいたに》屋って知っているかい？」

「ええ、あの有名な木綿の……」

灰谷屋といえばここ五年ほどの間に、飛ぶ鳥を落とす勢いで商いを広げている木綿問屋である。豪商越後《えちご》屋の後ろ盾を得るようになってから、たちまちのうちに江戸の木綿問屋の中でも五指に入る大店《おおだな》になったと聞いている。男はそこの手代であろうか。

ならば身形《みなり》がよいことも納得出来る。

「そこの清吾郎《せいごろう》というものだ」

「てことは……」

清吾郎といえば灰谷屋の主人の名前である。灰谷屋はまだ初代と聞いており、これほど若いとは思っていなかった。

「運よく商いが上手くいっただけさ」

清吾郎は謙遜《けんそん》して気恥ずかしそうに笑った。

「いや凄《すご》いことです」

「じゃあ、また来るよ。ありがとう」

男は子の飴を小さく左右に振って見せて帰っていった。

破竹の勢いで店を大きくしているので、阿漕《あこぎ》なこともしているのではないかと思っていた。しかし清吾郎にはそのような雰囲気は感じない。あの人柄の良さが商いを上手く運ぶ秘訣《ひけつ》なのかもしれない。話に出てきた内儀もさぞ鼻が高いことだろう。

何とも気持ちのいい客だった。依頼でなかった安堵《あんど》も加わり、平九郎は珍しく鼻唄交じりに、再び片付けを始めた。

夏の戻り船

くらまし屋稼業

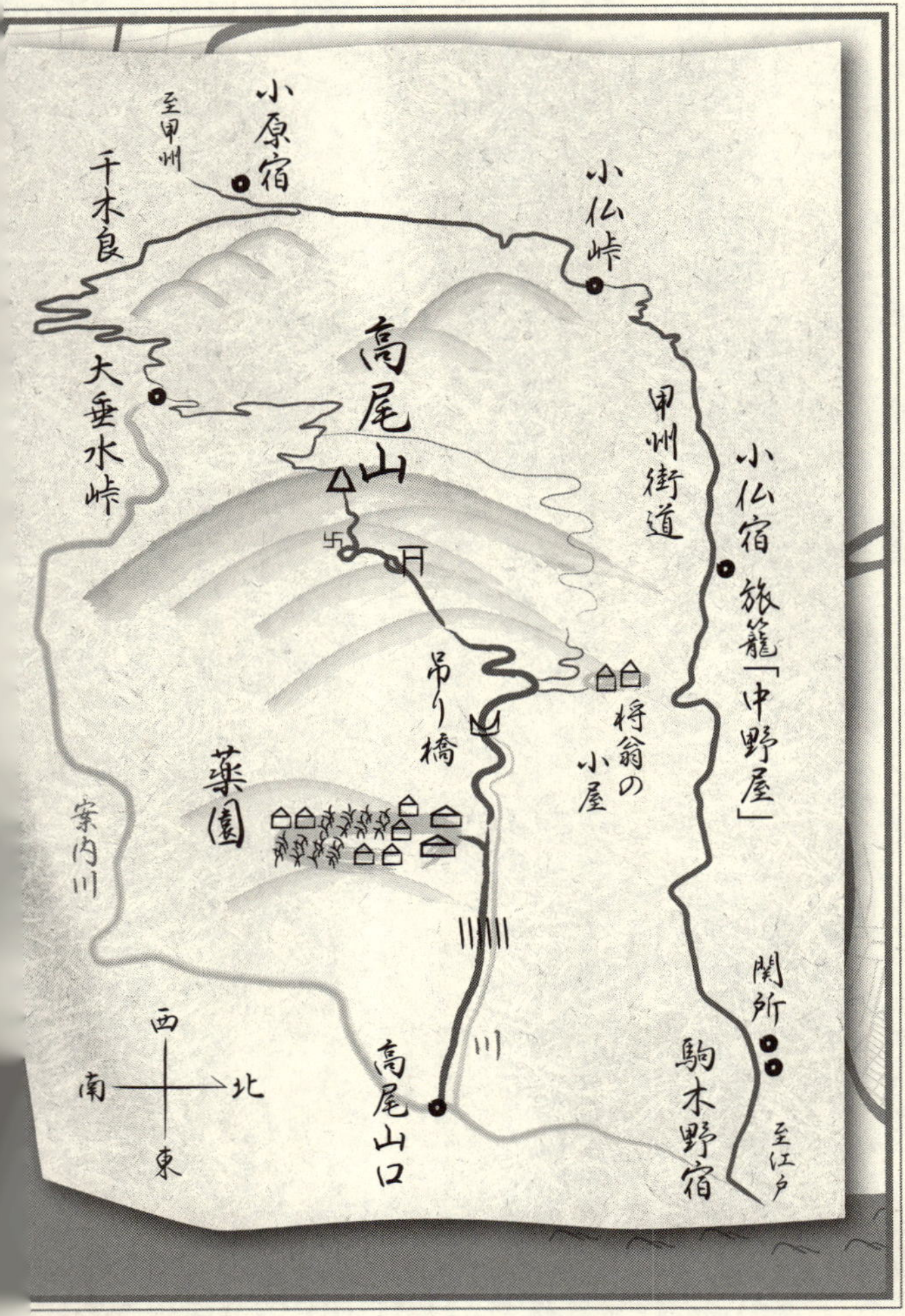

小原宿
至甲州
千木良
小仏峠
高尾山
大垂水峠
甲州街道
小仏宿
旅籠「中野屋」
吊り橋
将翁の小屋
薬園
案内川
関所
駒木野宿
川
西
南
北
東
高尾山口
至江戸

地図製作／コンポーズ　山﨑かおる

主な登場人物

堤《つつみ》平九郎　表稼業は飴細工屋。裏稼業は「くらまし屋」。

七瀬　「波積屋」で働く女性。「くらまし屋」の一員。

赤也　「波積屋」の常連客。「くらまし屋」の一員。

茂吉　日本橋堀江町にある居酒屋「波積《はづみ》屋」の主人。

お春　元「くらまし屋」の依頼人。「波積屋」を手伝っている。

阿部将翁《しょうおう》　本草家。元幕府の採薬使。

篠崎瀬兵衛　宿場などで取り締まりを行う道中同心。

榊惣一郎《さかきそういちろう》　「虚《うつろ》」の一味。すご腕の剣客。

初谷男吏《はつがやだんり》　伝馬町牢問役人。「虚」の一味。

目次

くらまし屋七箇条

一、依頼は必ず面通しの上、嘘《うそ》は一切申さぬこと。
二、こちらが示す金を全て先に納めしこと。
三、勾引《かどわ》かしの類《たぐい》でなく、当人が消ゆることを願っていること。
四、決して他言せぬこと。
五、依頼の後、そちらから会おうとせぬこと。
六、我に害をなさぬこと。
七、捨てた一生を取り戻そうとせぬこと。

七箇条の約定《やくじょう》を守るならば、今の暮らしからくらまし候《そうろう》。
約定破られし時は、人の溢《あふ》れるこの浮世から、必ずやくらまし候。

第一章　一生の忘れ物

一

夜半、阿部将翁《あべしょうおう》は目を覚ました。無意識のうちに、何かを摑《つか》もうとするように手を伸ばしている。それが何であったのか、将翁はよく解っていた。夢を見ていたのである。

昔、何度も見た夢だったが、長ずるにつれて遠ざかり、四、五十代の頃などは年に一度見るかどうかであった。それが老境に至って、再び頻度が増え続けている。最近は十日に一度は見るようになった。

冬の夜は一段と静寂が似合う。空気がぴんと張り詰めているのが屋敷の中にいても解った。外では、霜《しも》がいそいそと地に降りているに違いない。

部屋は寒気に満ちているが、自身は陸奥《むつ》の生まれだから今でも寒さには強い。行燈《あんどん》に火を入れなかったのは、ただ億劫《おっくう》だったからである。

闇の中、手探りで水差しを探す。そして椀《わん》に注ぐこともなくそのまま口を付けた。躰《からだ》は妙に火照《ほて》っており、冷えた水が旨い。だが喉を潤している途中、噎《む》せて布団や畳に水を吐き散らしてしまった。

「いかんな……」

己が余命幾許《いくばく》も無いことは解っている。三年ほど前から頻々《ひんぴん》と激しく咳き込むようになり、時に鮮血を吐くこともあった。日中よく動いた日などは、夜には決まって躰がだるくなって咳が止まらなくなる。

「十分過ぎる」

独り言だ。或《ある》いは、己に言い聞かせたのかもしれない。

若い頃から無茶ばかりしてきたが、三年前まで大きな病をしたことは無かった。今死んだとしても八十八まで生きたのだから、大往生というものだろう。

妻子はない。生涯独り身であった。今は四十絡みの下男、弁助《べんすけ》と共にこぢんまりとした屋敷に住んでいる。

弁助を起こすのも可哀そうになり、掛け布団を引っ張ると、端を摑んで畳を拭いた。昔ならばこんな横着はしなかったが、近頃では大抵のことに不精になっていた。

——それにしても一段と生々しかった。

何度も見て来た夢だが、今日ほど鮮明だったことは無い。夢の中の己は、いつも十七歳の若者である。そして同じ場所、同じ景色、同じ人が現れる。

将翁はゆっくりと布団に仰向けになると、湿った掛け布団を引き寄せた。一度目が覚めたあとは眠ることも出来ず、朝までこうしていることはままあった。その癖、昼下がりになると眠気が襲ってきて、縁側でうつらうつらとしてしまい、弁助に布団に行けばどうかと心配される。ようは歳をとり過ぎたのだ。

「何という様だ」

将翁は自嘲気味に笑った。座学を蔑み、弟子にも脚を使うことが肝要だと教えて来た。だが今の己の躰ではもうそれも叶わないだろう。

もっとも、お役目は十年前に辞していても、学問そのものを辞めた訳ではない。昨年までは弟子を連れて江戸近郊に足を延ばし、数々の実地を踏んできた。今年に入って躰の衰えが酷く、とても遠出など出来ずにいた。

目が闇に慣れ、天井の木目が薄っすらと見えて来た。茫《ぼう》と見ていると人の顔が浮かび上がって来るような気がする。それが「夢の人」に見えて来る。いや己がそう見ようとしているのかもしれない。

急に胸が締め付けられた。己の一生でやり残したことにようやく気付いたのだ。躰が思うように動く間にどうして思い至らなかったのか。

だがすぐに考え直した。頑固に脚が付いて歩いているような己なのだ。その頃では、仮に勧められても動かなかっただろう。死を目前にした今、ようやく心に素直になれたらしい。

「弁助」

先ほど起こすのは忍びないと思ったのも忘れ、何度も名を呼んだ。

「いかがなさいました。お躰に何か――」

弁助が慌てたように廊下をやってくる。

「それは心配ない」

そう言ってやると跫音が緩んだ。

「はい……では少しお待ち下さい」

一度、灯を取りに戻ったのだろう。暫《しばら》くして手燭《てしよく》を持った弁助が襖《ふすま》をそろりと開けた。

「すまんな」

「夜分のお呼びなので心配いたしました。いかがなさいました？」

「頼みがある」

「はあ……」

このような夜更けに頼みとは何であろうかと、仄《ほの》かな明かりに照らされた弁助が訝《いぶか》しんでいる。

「どうしても行きたいところがある」

「それは……」

弁助は渋る様子を見せた。弁助は己の躰が弱っていることを熟知している。もう無理はさせられないと思っているのだ。

「頼む」

「は……、どちらでございましょう？」

「陸奥だ」

「えっ――」

予想よりも遥かに遠い地だったのだろう。弁助は吃驚《びっくり》して口をあんぐりと開けた。

「年老いた儂の最後の頼みだ」

「しかし、お躰のこともございますが、お上がお許しになるでしょうか」

将翁が幕府の採薬使として抱えられたのは、三十一年前の享保六年（一七二一年）のことである。将軍吉宗《よしむね》公直々の要請であった。十年前に辞したものの、後進の育成を命じられている。もっとも三年前から躰の調子が優れず、その務めも十分に果たせていない。

「私は有徳院《ゆうとくいん》様に恩があっただけなのだ」

有徳院とは昨年身罷られた吉宗公の戒名である。

本草《ほんぞう》家の中では異端の存在であった。それを高く評価して召し抱えてくれた吉宗公亡き今、幕府に何の恩義も感じていない。

「たとえそうだとしても、例の……」

「あれか」

半年ほど前から幕府の使者が連日訪ねて来るようになった。

用向きは、

――幕府の庇護の下《もと》、ご静養されてはいかが。

と、いうものである。

知らぬ者が聞けば、躰を慮《おもんぱか》ってくれていると取るだろうが、その真意は別にあると将翁は知っている。この半年の間で、市井《しせい》の本草家が神隠しのように姿を晦《くら》ましているのだ。幕府は何者かが連れ去っているのだと考えているらしい。

勾引《かどわ》かす者の目的は解らないが、はきとしていることが二つある。一つは幕府の目が光る役付の本草家は避けていること。もう一つは、消える者の年齢が徐々に高くなってきているということである。最後に姿を消したのは五十過ぎの者。そこからは随分飛ぶが、将翁の知る限り、役目を外れた残る本草家といえば己だけであった。

驕《おご》る訳ではないが、今までに姿を消した者たちと己では、その知識の量、経験ともに段違いである。下手人が本草家を攫《さら》っている以上、求めているものは自《おの》ずと察せられる。幕府は得体の知れない不気味な下手人に、己の知識が渡ることを酷く恐れているようであった。故に表向きには静養としつつも、実際のところは軟禁したいのだ。

「もう残り僅かな命。気儘に使わせてくれればよいものを」

将翁が苦笑すると、弁助はぎゅっと口を結んだ。

「分かりました……」

「礼を言う」

掠《かす》れた声で言うと、弁助はにじり寄った。

「ただし一つだけお願いがございます。私の同行をお許し下さい」

「そのつもりだ。一人で陸奥は相当応《こた》える。力を貸してくれ」

薄暗い居室の中でも、弁助が目尻を下げてこくりと頷くのが解った。

二

年が明けて宝暦《ほうれき》三年（一七五三年）となったが、将翁は動かなかった。この旅ではどうしても二つ叶えたいことがある。

一つは青葉香る皐月《さつき》（五月）十五日に辿《たど》り着きたいということ。流石《さすが》に旅をすれば、冬の寒さが応えるのもある。しかし何よりも、その日が遥か昔に交わした約束の日なのだ。早く着き過ぎても、きっと幕府の手の者が追って来て連れ戻される。ならばその日を目指して一度の機会に賭けるのが最も良い。

二つ目は船で帰りたいということ。これにも将翁は拘《こだわ》りがあった。幸いにも銭に困っていないので、弁助に陸奥行きの適当な船はないか調べさせている。卯月《うづき》（四月）になれば船に乗り込み、一気に陸奥へと向かう。あとは己の躰が持つかどうかだけが気掛かりであった。

松の内も明けた頃、屋敷に来訪者があった。

「これは、住岡様《すみおか》」

出迎えた弁助はわざと大きな声を出した。住岡仙太郎《せんたろう》、小石川《こいしかわ》薬園奉行配下の与力で、己を療養させようと度々足を運んでいる男である。弁助は気取られないよう、心の準備をさせようとしているのだ。

「阿部様はおられますかな」

「はい。どうぞ」

弁助の案内で住岡は屋敷に上がってきた。屋敷といっても土間と台所、居間の他に部屋が三つの小さなものである。往年は常に旅に出ているような暮らしであった。ここにゆっくり腰を落ち着けるようになって十年経つが、今でもどこか借家のような心地でいる。

「三日にあげず来るのだな」

将翁は皮肉を込めて言うが、住岡は応える様子もなく笑みを見せる。

「阿部様が心配なのでございますよ」

「お主に心配して貰わずともよい」

住岡は三十歳。将翁が採薬使を辞す少し前に、家督を継いでこの役目に就いた。人一倍出世への欲が強く、役目にも精を出していると耳にしている。今では立派に奉行の片腕を務めている。

「まあ、そう言わずに。そろそろ折れて下さいな」

「断る。儂《わし》はもう採薬使ではないのだ」

「しかし後進の育成をなされ、扶持も頂いておられるではないですか」

住岡は眉を八の字にして説得してくる。

「そのことだが、儂はそれからも身を引こうと思っている。勿論《もちろん》、俸禄もお返しするつもりだ」

「そう意固地にならずに」

「儂はもう長くない。住み慣れたこの屋敷で眠るように死にたいのだ」

住岡も病のことは薄々勘付いていただろう。だがこのように正面切って話をするのは初めてである。住岡は俯《うつむ》いて二度、三度自身の額を小突いた。

「阿部様も耳にしておられるでしょう……」

「本草家が姿を消しているというあれだな」

「幕閣は何者かが連れ去っていると見ておられます。恐らく本草学の知識を得るため」

本草学とは医学、薬学、植物学を包括し、中でも特に薬草を対象とする学問である。

住岡は苦い顔になって続けた。

「つまり最も考えられるのは……」

「毒の調合だな」

世には多種多様な毒草がある。それは単独で効果が出るものもあれば、他の薬草と混ぜることによって、あるいは特殊な加工を経て初めて毒性を発揮するものもある。これを熟知している者こそ本草家である。下手人の目的として最も可能性が高いのはこれであろう。

「阿部様は特に毒草にお詳しい」

「まあ、変わり者故な」

世の本草家の殆《ほとん》どが、明《みん》の李時珍《りじちん》が記した「本草綱目」を拠り所としている。かの貝原益軒《かいばらえきけん》もこれをもとに「大和本草」を著した。

しかし将翁は本草家として全く別の道を歩んできた。

――而《しか》るを況《いわ》んや、未だ目其物を観ず、脚未だ其地を踏まずして、詳《つまびらか》に効験を辨じ、悉《ことごと》く形状を言ふ者に於てをや。

つまり、その目で見ず、脚を運びもしないのに、草木の何が解るのかと世の本草家を痛烈に批判したのである。

己はあくまで実地、実証に拘った。そのためにこれまで蝦夷《えぞ》地を除く全ての地を踏破し、優に千を超える草木を見てきた。効能に関しても同じで、獣をもって試したこともあれば、時には命を懸けて自ら服薬したこともある。故に草木の知識にかけて己の右に出る者はいないと自負している。

「阿部様の知識が賊に奪われることを、上は相当に怯《おび》えています」

「ふむ、その気になれば老中の一人や二人、毒殺も出来ようからな」

躰に入ってから十日後に目覚める毒もある。それを用いれば毒見役すら欺《あざむ》くことが出来よう。

「戯《たわむ》れでもそのようなことを口にしては……」

住岡は口に指を添えて周囲を見回した。

「心配は無用だ。万が一、攫われた時には、その場で舌を噛み切って死んでやろう」

「そこまで仰《おつしや》るならば……しかし警護は付けさせて頂きます」

今日の住岡はただでは引き下がらない。もしかしたら幕閣は、何か新たな情報を得たのかもしれない。

――やりにくくなるな……。

江戸にいるからこの程度で済んでいるが、旅に出ると解ればすぐに身柄を拘束しかねない。だがこれ以上の抵抗は余計に怪しまれる。

「よかろう。頼む」

将翁は渋々ながら了承した。住岡は安堵《あんど》の表情になると断って一度屋敷を出た。手回しのいいことで同心を二人連れてきている。今日よりここに住まうという。弁助が何度もこちらに視線を送る。これではとても抜け出せないというのだろう。己に残された時はあと半年ほどでないかと見ている。何としても急がねばならない。

——さて、どうするか。

将翁は天井を見上げて糸を吐くように細く吐息を漏らした。

三

翌朝、将翁は駕籠《かご》を呼んで外に出た。警護の同心はしっかり付いて来る。こうでもしなければ弁助を口入れ屋に行かせることも出来ない。だが将翁にはそれ以外にも目的がある。

駕籠を向かわせたのは己の古巣である小石川薬園だった。

貞享《じょうきょう》元年（一六八四）、江戸の南北二箇所にあった公営の薬園が廃園とともに統合されて、小石川白山《はくさん》に移された。薬草だけでなく様々な植物の育成、品種改良が行われ、青木《あおき》昆陽《こんよう》が甘藷《かんしょ》を栽培したのもここであった。

将翁が目指すのは園内にある養生所である。江戸には農村から百姓が流入し、人口は増加の一途を辿っている。江戸で財を成せる者はその中のほんの一握りで、多くはまともな職に就くこともできず困窮し、悪事に手を染める者も後を絶たない。

これを憂慮した吉宗公は、貧民を救うための建言を広く朝野に求めて辰ノ口《たつのくち》に目安箱を設けた。この箱に投じられていた一通の訴状により、施療院の設立が検討されることになったのであった。

「止めてくれ」

養生所の手前で駕籠を降りた。目的の男が目に入ったからである。男は恐らく脚気《かっけ》を病んでいるのだろう患者に歩く訓練を施していた。目の前で駕籠が止まったので、大きな目を丸くしている。

「せ、先生！」

「達者だったか。笙船《しょうせん》」

男の名を小川《おがわ》笙船と謂《い》う。漢方学を修めた町医者であった笙船は、病に苦しむ困窮者を見かね、目安箱に施療院を置くことを求める意見書を投じた。そしてそれが一部採用され養生所が作られた。謂わば養生所の生みの親ともいうべき男である。

「これは珍しい御方に会えた」

大きな丸い二重瞼に鞣革《なめしがわ》のような褐色の肌、口の周りに蓄えた赤茶けた髭、笙船はどこか南蛮人を思わせる相貌をしている。

「お主が金沢《かなざわ》から戻るのと行き違いに、お役目を退いたからな」

「それにしても先生が駕籠とは」

笙船は髭を撫《な》ぜながら屈託のない笑みを見せた。己は草木を脚で探せと口酸っぱく言ってきた。遠慮のない物言いも、笙船の好ましいところである。

「笑うな。歳なのだ」

「御供もおられるとは、偉くなられた」

やはり憚《はばか》ることなく笑う。

「年寄りを苛《いじ》めるな。儂の望むところではない」

「なるほど……そういうことですか」

彼らは小石川薬園奉行配下の同心。笙船も当然見知っており、それらが張り付いている意味を察したようだ。

「まあ、仕方あるまいて」

将翁が二度、三度咳をすると、笙船がすかさず口を開く。

「お顔の色が悪い。私が診察致しましょう」

「助かる」

中間《ちゅうげん》を呼んで患者を託すと、養生所にある自身の部屋に招き入れようとした。同心

たちも入ろうとするが笙船は、

「患者は二人きりで見るのが私の信条。外でお待ちを」

と、頑として入れようとしない。同心たちも仕方なく外で待つ。部屋に入って暫く
すると、笙船はそっと囁《ささや》いた。

「下手な咳でございますな」

「お主なら察してくれると思うてな……だが病は嘘ではない」

「はい。そのようにお見受け致しました。私を訪ねて来られたのは何か訳があるので
しょう」

笙船は優れた医者である以前に賢い男である。そこまで見抜いている。

「幕閣は儂を手許に置きたがっているようだ」

「例の勾引かしから守ろうということですな」

「うむ。だが儂には行かねばならぬところがある。しかももう時が無い」

「失礼」

笙船は将翁の腕を掴むと脈を取った。

「どうだ」

「一年……いや、半年と少し持てばよいかと」

「儂もそう見立てた。力を貸して欲しい」

薬園奉行は己を匿《かくま》いたいと申し出ている。恐らくこの養生所に移すつもりだろう。己は老中のみならず、その気になれば将軍さえも毒殺し得る知識を有している。そのような己が攫われれば、幕閣も気が気ではない。今は警護を付けるに留まっているが、いつ何時無理やり押し込めるかもしれない。そうなった時には、養生所を抜け出す手引きをして貰えないかという相談である。

「今のところは、先生が移って来られるとは聞いていませんが……」

「お主にも秘匿して事を進めているやもしれん」

「しかしどこに行くおつもりで」

「陸奥だ」

「そのお躰では……」

「たとえ途中で死すとも悔いを残したくない」

笙船は唸って暫く考えていたが、真っすぐこちらを見つめて言った。

「ふむ……お力添えいたしましょう」

「命を短くする頼みを、医者にするのは申し訳ないが」

「患者の想いを全うさせるのも医の道です」

笙船は髭を弄りながらにこりと笑った。やはりこの男に頼んだのは間違いではなかった。

「しかし、奉行は先生を他の場所にお連れするやもしれません」

笙船は顎髭を指で摘んで深刻な面持ちになる。

「ここ以外のどこにそのような場所がある」

「高尾山《たかおさん》に幕府の隠し薬園が」

「何……聞いておらぬぞ」

「ここ三年ほどのことですので、先生がご存知ないのも無理からぬことかと。そこに軟禁されれば、私は何のお手伝いも出来ません」

万が一に備えて早めに手を打っておこうとしたが、笙船の言う通りになれば八方塞がりである。幕府は己が死ぬまで高尾山から出さないだろう。

「そうか……すまなかった」

こうなれば支度不足だが、今夜にでも発《た》つ他ない。そう腹を括《くく》って将翁は席を立った。

「お待ち下され。一つ、私に考えが」

笙船は一層声を落として手招きをする。そして耳に口を近づけ、ゆっくりと語り始めた。

四

笙船の元を辞して、外で待っていた駕籠に乗り込む。

同心たちはゆっくり行けよと駕籠舁《か》きに命じた。全力で走られれば、同心たちとて追いつけない。ふと将翁の頭にあることが過《よぎ》った。

――幕閣は下手人を知っているのではないか。

と、いうことである。薬園奉行の下《もと》には常時与力二人の他に、七、八人の同心しかいない。なぜその内の二人を己の警護に割く必要があるのか。見張るだけならば、小者を二人ばかり付ければ十分だろう。つまり下手人の像を掴んでおり、小者では守りきれぬと考えていることになる。

「浅草《あさくさ》まで足を延ばしてくれぬか」

「へい。解りやした」

将翁が頼むと、駕籠舁きは快活に答える。

「阿部様、浅草に何を」

同心の一人が足を速めて駕籠の横まで来た。久しぶりに薬園に行き、笙船に会いたいと言って出て来たのだ。浅草のことは伝えていない。何より将翁も今決めたことである。

「笙船に診て貰って調子が良くなったので、浅草寺《せんそうじ》に参りたいのよ」

「はあ……ならば御供致します」

「好きにしてくれ」

小石川から浅草まで行き、浅草寺の門の前で駕籠を降りる。同心たちはすぐ後ろに影のように付いてくる。今日は冬の割に暖かい陽射しが差しているからか、境内《けいだい》は参拝客で賑《にぎ》わっている。

参拝を済ませた帰り道、将翁は一軒の出店を指差した。

「飴細工か。儂が子どもの頃は無かったものよ。ちと寄ってもよいかな?」

「どうぞ」

同心たちは無愛想に言う。老人の散歩に付き合うような役目に辟易としているのだろう。

菅笠《すげがさ》を被った飴細工屋はこちらに気付いて声を掛けて来た。

「何に致しましょう」

十二支を象《かたど》った飴が見本に立てられている。飴細工屋はなぞるように手を宙で滑らしながら言った。

「猫はあるかな？」

「すみませんね。猫はやっていないのですよ」

「では……貘《ばく》を」

暫し生まれた無言の時を、境内の喧騒が埋めていく。

養生所で席を立とうとした時、笙船が一層声を潜めて言ったのは、

「先生、くらまし屋をご存知ですか」

と、いう一言であった。

そのような稼業は聞いたことがなく首を捻《ひね》ると、笙船はさらに詳しく話した。

この江戸には金さえ積めば、いかなる者も晦ましてくれる者がいるという。昨年、養生所に大怪我を負った博徒が担ぎ込まれた。借金をして逃げた挙げ句、捕まって袋叩きにあったらしい。夜半のことであったが、たまたま人が通り掛かったことで借金取りは逃げ、一命は取り留めた。しかし臓腑が傷つき長くはないという状態で、博徒は俺も金さえあれば、くらまし屋に頼めたのだがと無念そうに語っていたという。

「眉唾ではないのか」

将翁は眉を顰《ひそ》めた。

「私も初めはそう思いましたが、男の話は妙に具体的でして……そうとも思えぬのです。藁《わら》にも縋《すが》るつもりで、試してみる価値はあるかと思います」

手順はこうである。雷門《かみなりもん》に程近い飴細工の出店を訪ねる。そこでまず猫の飴を注文し、断られたら改めて獏の飴を頼む。これが依頼の意を伝えるやり方だというのだ。

将翁は今この時まで半信半疑であったが、男が発する雰囲気が変わったことで確信を持ち始めていた。

「お子さん……いやお孫さんへの土産ですかな」

「それが儂なのだ」

「なるほど」

飴細工屋が顎を上げて笠から顔が覗《のぞ》く。引き締まった精悍《せいかん》な顔つきではあるが、どこにでもいるような普通の男だ。だが、その視線は己ではなく、その向こうの同心二人に注がれていることに気付いた。

「後ろの方の分はいりませんね？」

「ああ」

「では作らせて頂きます……それにしてもいい天気だ。散歩ですか？」

「そのようなところさ」

「どこからお越しで？」

同心たちに悟られぬよう巧みに住まいを聞き出そうとしている。やはりこの男で間違いない。

「下谷《したや》だよ」

「あれ……もしかして山岡《やまおか》様ではありませんか？」

「人違いだ。私は阿部将翁と謂うのだ」

「これは失礼。昔、よく似た方に世話になったもんで」

「変哲も無い顔だ。よく言われるよ」

飴を作りつつ、世間話を装いながら次々にこちらのことを語らせる。

「お客さんも物好きなことだ。獏を注文しなさるなど……今夜はよく眠れないかもしれませんぜ」

——今夜来るということか。

将翁は首を縦《たて》に振ると、飴細工屋も小さく頷《うなず》く。

「裏口を開けて風通しをよくすれば、眠れるのではないかと思う」

裏口を開けておく。将翁としては招き入れるつもりでそう言ったのだが、飴細工屋は気付かないのかこれには何の反応も見せなかった。

「はい。じゃあ五文頂きますぜ」

「ああ……本当に貘を作れるのだな」

将翁は苦笑した。合言葉だけで、飴は適当なのだと思ったが、差し出された飴は鼻の長い猪《いのしし》のような動物の形をしている。世の人が想像する貘は大抵このようなものだ。なるほど、会話の中に何度も貘が出てきているだけに、貘の飴がなければ、気の抜けた同心も流石《さすが》に訝しむかもしれない。男がかなり用心深いことが窺《うかが》えた。

「お客さんが貘……と、仰ったんですぜ」

「ああ、間違いない。頼む」

将翁は財布から五文取り出して男に手渡すと、潤いの無い頬を緩めた。

五

その夜、将翁は肩を揺すられて目を覚ました。男が枕元に膝を突いている。間違いなく昼間の飴細工屋である。

「誠だったか」

呟いて身を起こそうとすると、男は掌を見せて止めた。

「そのままでいい。病なのだろう」

「よく解ったな。医の心得があるのか」

「言葉では分かりにくいが、病んだ者特有の足取りというものがある」

男の声は低く、それなのに輪郭がはきとしていて聞き取りやすい。

「裏口を開けておいただろう？」

男が入りやすいよう、弁助に裏口を開けさせていた。

「別のところから入った。告げられた場所より入るほど、俺は大胆ではない」

「想像以上だ」

罠《わな》を疑ったということか。昼間も思ったが、いよいよ用心深い。

「話を聞こう」

将翁は今已が置かれている状況を詳《つまび》らかに語り、最後にこう結んだ。

「皐月の十五日に着くよう、船で盛岡藩閉伊通豊間根村《へいどおりとよまね》に晦まして頂きたい」

「注文の多いことだ」

男はやや呆れているような口調で言った。

「無理ですかな」

「八十両頂く」

「構わない。十日ほどで用立てる」

蓄えが六十両ほど。家の調度品、数多い蔵書など一切合切を売り払えば用意できる額である。

「二十日後、青菜売りが来て、明日は霧が出そうだと言う。その者に金を渡せ」

「解った。下男に申し付けておく」

「では卯月に入ったらまたここに来る。それまで躰を労わることだ」

「待ってくれ」

男が身を翻《ひるがえ》そうとするのを押しとどめた。

「まだ何か」

「ここにいるとは限らんのだ」

本草家が次々と攫われているため、薬園奉行配下の同心たちが、己から離れないことはすでに話した。さらに、幕府は警戒を強めているらしく、己もいつまでここに留まっていられるか解らない。養生所、或いは笙船が話していた高尾山の薬園に軟禁される可能性もある。

「攫っている者の素性は解らぬのか」

「儂にはな。だが本草家を狙うなど、碌《ろく》な事を企んではおるまい」

「毒の調合……もしくは阿片といったところか」

「なるほど。その線もあるの」

正直なところ阿片は考えていなかった。男は本草にも人並み以上に通じているらしい。

だが疑問も残る。今まで連れ去られた者でも阿片の調合は出来る。己ほどでなくとも毒の知識に長《た》けた者もいた。若い者から順に狙われているという点が妙に引っ掛かるのだ。

「では改めて整理する。皐月十五日に間に合うよう、船で盛岡藩閉伊通豊間根村に晦ませる。ただしことを起こす卯月、お主はどこにいるのかは解らない……よいか」

浅草寺でのやり取りの巧みさ、ここに忍んでくる時の用心深さ、会話の端々から感じる知性、そして念を押す時の揺るぎない眼差《まなざ》し、どれを取っても一流の裏稼業の者に間違いない。当初、半信半疑だった思いはすでに霧散している。

「間違いない。頼む」

将翁が答えるともう返事は無かった。何か気に障ったかと躰を起こすが、すでに男の姿は無い。跫音《あしおと》は疎《おろ》か、衣擦れの音もしなかった。まるで夢を見ていたような心地になって、男が屈んでいた場所に触れた。僅かながら温もりがある。現《うつつ》であったかと安堵し、将翁は再び布団に横臥した。

六

宵の口、篠崎瀬兵衛《しのざきせへえ》は板橋宿《いたばし》でのお役目を終えて江戸に戻った。引き上げろとの命が下ったのである。そして上役である松下善太夫《まつしたぜんだゆう》の屋敷に報告に来た。報告は明日でもよいと言われていたが、早いに越したことはない。お役目においてはどんな些細な失態も犯したくはないのだ。

この屋敷には何度も来ているが、今日は夜ということもあり、家士《かし》が手燭を持って先導してくれている。

廊下を歩きながら瀬兵衛は顎に手を添えた。先刻、門ですれ違った「来客」のことが妙に引っ掛かっていた。

——どこかで会ってはいないか。

と、いうことである。

「あの者たち、どこの家中だ」

瀬兵衛は前を歩く家士に尋ねた。

「斎藤伊豆守《さいとういずのかみ》様の御家中と申されたはずです」

「斎藤伊豆守、斎藤……斎藤……」

江戸には多くの旗本・御家人が住んでおり、その全てを覚えられる訳ではない。一口に斎藤といっても、本家、分家、またその縁者など多くがいるに違いなかった。

「二人の名は？」

「年嵩《としかさ》のほうが用人の久世《くぜ》某様……もう一人の肥えた方は……何と仰いましたかな」

家士はひょいと首を捻った。主人に取り次いでしまえば、客の名など忘れる。大半がそのようなものである。

「ふむ。老人に、肥えた侍な」

瀬兵衛は記憶を探ったが、それらしき者に会った覚えはなかった。ただどこかで見かけた。そう思えて仕方がないのである。しかも最近のことのような気がしている。

「篠崎様がお戻りです」

「入れ」

家士が屈んで襖を開け、瀬兵衛は部屋の中に足を踏み入れた。

「篠崎、ご苦労だったな。急に戻してすまぬ」

「は……いつ終わるかと些《いささ》か倦《う》み始めておりましたところに、戻れとの御指図、渡りに舟を得た思いでございました」

瀬兵衛は微笑みつつ返した。多少はおべっかも使う。全ては恙無《つつがな》く、お役目を全うするためである。たとえ同輩に気骨が無くなったと罵《ののし》られようと、以前のように上役と反目することだけはまっぴら御免であった。

「奉行に依頼した者が死んだとか」

瀬兵衛は声を畳に這わすように問うた。それが何者であるか、ある程度見当は付いていたが、善太夫の口から直接聞いた訳ではない。

「浅草の丑蔵《うしぞう》なのだ」

「あ——香具師《やし》の」

思った通りである。だが、ここで予想通りなどとしたり顔をしようものならば、油断ならぬ奴と警戒されてしまう。故に些か大袈裟《おおげさ》に驚いて見せた。

「うむ。一家全滅だ」

「それは……何故《なにゆえ》」

「恐らく香具師どうしの争いであろう」

奉行所はそのように考えており、善太夫もそう信じているようだが、瀬兵衛は違った。

——偶然にしては出来過ぎている。

確かに浅草の丑蔵はこのところ勢力を伸ばしてきており、各所で諍《いさか》いが絶えなかったと聞いている。最も激しく敵対していたのは、駒込《こまごめ》の元三郎《げんざぶろう》あたりか。

丑蔵は万次《まんじ》、喜八《きはち》という二人の手下を追っていた。多くの配下を抱えていながら捕まえられないでいたからこそ、道中奉行に多額の袖の下を渡してでも、網に掛けようとしたのだ。

そしてその最中、何者かの襲撃を受けて死んだ。彼らを追っていたからとて、油断していた訳ではないだろう。いや、むしろいつにもまして身辺の配下を増やしていたに違いない。それを知りながら、他の香具師が仕掛けるであろうか。

万次か喜八のどちらか、あるいはその仲間が、反撃に出たと考えるほうがしっくりくる。

「松下様、先ほどの客人たちは……」

「ああ、実はな……」

善太夫は客人が訪ねてきてから、今までの経緯を手短に説明してくれた。それを聞きながら、瀬兵衛は己の頰《ほお》が引き攣《つ》るのを感じ、下唇を噛んで抑え込んだ。

──おかしいぞ……。

家士が言ったように客人は斎藤伊豆守の家中。善太夫は流石に名を記憶しており、歳を食ったほうが用人で久世平八《へいはち》、もう一人の太った武士が稲生儀八郎《いのうぎはちろう》と名乗ったらしい。

活発すぎる姫が屋敷を抜け出し、蕨《わらび》宿に向かった可能性があり、道中与力である善太夫を頼ったということである。

斎藤家も丑蔵と誼《よしみ》を通じており、万次と喜八を捜す手伝いをしていたことから、一連の事件を知っていたという。その話も怪しいが、さらに疑うべき点がある。

——その者たちにとって都合がよすぎやしないか。

通常、道中奉行は通る駕籠全てを改めることなどしない。ましてや調べた者の名を、一々帳面に記したりはしないのだ。善太夫はその者らの運が良かったなどと思っているらしいが、やはり出来過ぎているような気がする。

まるで駕籠の中まで改めることを、予《あらかじ》め知っていたようではないか。

「どうした？　顔色が悪いぞ」

蠟燭《ろうそく》を用いているとはいえ、部屋はやはり仄暗い。それでもなお顔色が悪いと解るなど、己はよっぽど酷い顔をしているのだろう。

「いえ……ご心配なく。急ぎ戻ったので、少し疲れが出たようです」

瀬兵衛は取り繕《つくろ》って細く息を吐いた。

——悪い癖だ。

かつて瀬兵衛は道中奉行配下随一の切れ者と呼ばれていた。宿場でことが起こるたび街道を馬で飛ばして駆け付け、多くの難事件を解決してきたのである。

そのせいで命を危険に晒したことも数えきれない。同輩や上役の妬《ねた》みも買った。しかし、そのようなことは気にも留めず、旅人の安寧のために奔走してきた。

それが、妻を娶《めと》って変わった。妻のお妙《たえ》は、父を失ってから他に縁者もいない。父の唸岡彦六《うなおかひころく》は、喧嘩沙汰で斬られて果てたのだったが、当時のお妙は見るに堪えぬほど憔悴《しょうすい》していた。もう二度とあのような姿を見たくはなかった。

お妙は二十四歳。己は三十九歳。夫であると同時に、心のどこかで亡き義父の代わりも務めようとしているのかもしれない。妻を娶ってからの瀬兵衛は、全てを無難にこなすようになり、上役に何ら反抗していない。あれほど苦手だったのに、時に阿《おもね》るようなこともある。

かつての瀬兵衛を知らぬ後輩たちが、

――まさしく小役人を地で行く御方。

などと、嘲笑《あざわら》っていることも知っている。

もう二度と、事件に深入りはしない。そう決めていたはずなのに、やはり長年染み付いた癖というものは、今でも中々抜けてはくれないらしい。

「篠崎、暫く休め。三日ほど暇をやろう」

「は……今何と？」

考えに没頭していたからか、善太夫が何を言ったのか聞き逃してしまった。善太夫は尖《とが》った口を目一杯横に開いて笑った。

「疲れすぎて耳まで遠くなったか。頼りにしているのだ。しっかりと休め」

「耳……耳——」

瀬兵衛が唐突にぶつぶつ言い始めたので、善太夫は本当に疲労でおかしくなったのかと心配げな顔をしている。

これまで多くの悪人を追って来た。簡単に捕まえられる無頼漢のような者もいたが、中には相当に手強い者もいた。そういった者は決まって、髷《まげ》を結い直し、衣服を着替え、身分を偽るなど風体を変えてくる。

人相書だけではどうしようもないが、瀬兵衛は一度でも見た者ならば、いかに身形や声色を変え、笠で顔を隠していたとしても、見破れなかったことはただの一度も無い。

人というものはいくら化けようとも、変えられぬものがある。それが、

——耳朶の形……。

であった。そして瀬兵衛は、先ほどの来客、久世平八と稲生儀八郎。その耳朶の形に確かに見覚えがあったのだ。

――どこだ……どこだった。

心配を通り越して、やや不気味そうに見ている善太夫をよそに、瀬兵衛は自問した。

「あの高島《たかしま》藩士……」

板橋宿で改めた一行である。駕籠に乗っていた女の名は確か多紀《たき》。高島藩諏訪《すわ》家の家老、諏訪主水《もんど》の娘といっていた。高島藩で一揆の兆しがあり、父の安否を確かめるため急遽帰国の途についたとのことだったが。

その駕籠の護衛をしていた二人の藩士と、今回の来客の耳朶の形がぴたりと重なるのだ。

瀬兵衛は記憶力に自信を持っている。藩士たちは、藤浪平次郎《ふじなみへいじろう》、島岡新之丞《しまおかしんのじょう》と名乗っていた。一人は三十路の精悍な顔つきの侍、もう一人は色白で目元が涼しい若侍である。白髪交じりで痩せぎすの老武士と、でっぷりと肥えたやや不健康そうな侍では、姿形が違い過ぎる。

肥えた方は声も聞いたが、高島藩士のいずれとも全く違っていた。それなのに不思議と耳の形だけが全く同じなのだ。

「篠崎、篠崎、やはり疲れている。顔が真っ青だ。下がってよいぞ」

「はい……夜分に失礼致しました」

瀬兵衛は一礼するとゆらりと立ち上がり、部屋を後にした。廊下を歩き、門を潜り、往来に出てもなお、一連の奇妙な符合に思考を奪われ続けている。

――変装したということか。

そう考えたそばから打ち消した。老武士のほうは皺《しわ》や肌の乾いた質感、肥えた武士は顎の肉、変装でどうにか出来るものではない。

「調べるならば、諏訪家、そして斎藤家か」

両家に問い合わせ、もう一度会うことが出来れば謎は解ける。これが最もよかろう。諏訪家の侍が斎藤家の侍に化けた。あるいはその反対も考えられる。

――闇が深そうだ。

瀬兵衛はそう直感した。悪人を追い、勘働きが鍛えられるのは奉行所の役人や、火付盗賊改方《ひつけとうぞくあらためかた》だけではない。世間には呑気な役目と思われがちであるが、道中奉行配下こそ、その勘働きが優れていると自負している。

何しろ江戸の中だけを取り締まればいい彼らと違い、瀬兵衛らは日ノ本を縦横に巡っている街道全てを見張らなければならないのだ。

「そこまで……そこまで調べるだけだ。お妙」

家に着く前に、お妙に詫びた。実際にこの話を聞かせれば、お妙は不安を募らせるであろう。調べて何もなければそこで引き下がる。仮に不審な点があっても、誰かにこの事案を引き継いで終えるつもりでいる。

瀬兵衛は心の中で繰り返し詫びつつ、野犬の遠吠えが響く町をひっそりと歩いていく。

七

篠崎瀬兵衛は眉間《みけん》に深い皺を寄せつつ、往来を歩く。知らず識《し》らずのうちに真一文字に結ぶほど口にも力が入り、自然と鼻息が荒くなった。

――やはり、勘が当たったか。

斎藤伊豆守の屋敷を訪ねた帰りである。過日、道中与力を訪ねて来た用人の久世平八、もしくは稲生儀八郎、いずれかに会わせて頂きたいと申し出た。

「はて、いかなる御用でしょうか」

と、門番は訝しんでいた。

娘の家出がまことならば、外聞を憚っているのかもしれない。そこで瀬兵衛は事情を告げて、主か用人に取り次いで貰いたいと頼んだ。

瀬兵衛は客間に通された。そこに現れたのは屋敷の主、斎藤伊豆守であった。斎藤は突然訪ねた非礼にもかかわらず、嫌な顔一つせず、真摯《しんし》に答えてくれた。

「確かに当家の用人は久世平八と申す。稲生儀八郎もおる。ただ……」

「ただ？」

「久世は父が死んで跡目を継いだばかり。当年二十八でござる。また稲生は太っているどころか、もっと飯を食えと言っているほどに細身でござれば」

「誠ですか……」

「久世、稲生、入れ」

襖が開き、二人の男が入って来た。まさしく斎藤が説明したような風貌である。

「今一度お確かめ致す。誠にこちらが久世殿と稲生殿でございましょうか？」

「疑われるならば、両隣、近所に訊いてみなされ。見知った者ばかり故」

「失礼致しました」

瀬兵衛は背中に汗が流れるのを感じ、深々と頭を下げた。

次に向かったのは信州《しんしゅう》高島藩、諏訪家である。こちらでも不躾《ぶしつけ》な訪問にもかかわらず、きちんと応対してくれた。

道中奉行、またその配下の与力、同心は、旗本の中ではあまり際立った存在ではない。だがこと大名家に対しては絶大な力を発揮する。

大名には参勤が義務付けられており、道中の陣屋の手配、他の大名の参勤との交通整理、その他突発的な事故が起これば道中奉行を頼らねばならない。その時に実質的に現場で便宜を図るものこそ、与力であり同心なのである。故にこれを蔑《ないがし》ろにはしないと踏んでいた。

「確かに諏訪主水様は国元におられますが」

答えてくれたのは、諏訪家の御城使《ごじょうし》、藩の外交官ともいうべき存在である。名を黒《くろ》井外記《いげき》と名乗った。

「御姫様はおられますか……？」

「はあ。確かに……おられますが」

黒井は瀬兵衛が何のために来たのか、全く理解出来ないようである。

「誠ですか！」

瀬兵衛は安堵して思わず声を上げた。己の疑念が外れて欲しいと、心のどこかで祈っていた節がある。黒井は怪訝《けげん》そうにしている。もしかしたら縁談でも持ちかけようとしているのかと思っているのかもしれない。

瀬兵衛は続けて問うた。訊きにくいことではあるが、もはや口にするほかないと覚悟を決めている。

「諏訪様のご領地で……一揆が起こっているということはありませぬか？」

「なっ――」

瀬兵衛は諸手を突き出して宥《なだ》めるような恰好になる。

「何か疑《うたご》うている訳でも、咎《とが》めようとしている訳でもございません。そのように申した者がおり、その真偽を確かめたいだけなのです」

「そのような事実は一切ござらん」

――あるな。

黒井はきっぱりと断言したが、瀬兵衛の勘はその反対を告げている。ただこれだけは事実であろうとなかろうと、口が裂けても話さないだろう。反応を確かめるため、踏み込んで訊いたにすぎない。

「ご無礼仕《つかまつ》った。やはり根も葉もない噂《うわさ》でしたか」

「はい……」

「では、最後に一つ。藤浪平次郎、並びに島岡新之丞という御方はいらっしゃいますか」

黒井は暫し間を空け、地を這うような低い声で尋ね返してきた。

「その両名に何か疑いが掛かっているのでしょうか」

何と答えるべきか迷った末、瀬兵衛も囁くように返す。

「正直に話しましょう。我らは、先日板橋宿に検問を設けていましたが、その時、御二方が通られたのです。それ故少しお尋ねしたいと思い、こうして罷り越した次第」

「ふむ……それは有り得ません」

これも間髪入れずに言い切る。全く嘘が含まれていないような気がした。

「何故？」

「まず島岡は昨秋、胸の痛みを訴え、そのまま急逝いたした」

「なんですと……では、藤浪殿は？」

「確かにその者は現在も当家にいます。しかし、それも有り得ないのです」

「お会いしてもよろしいか？」

「もう会っておられる」

「え……」

意味が解らずに瀬兵衛は身を強張らせた。

「私がその藤浪です。正しく申せば藤浪だった。昨年の夏、黒井家の婿に入り名跡を継ぎました」

頭を鈍器で殴られたかのような衝撃が走り、目が眩《くら》む思いであった。

瀬兵衛は諏訪家上屋敷を辞し、新両替町《しんりょうがえちょう》あたりを北に向かって呆然と歩いている。

上役である松下善太夫にこのことを報せるべきか。いや話したところで無駄だろう。善太夫は悪い男ではないが、気が小さい。瀬兵衛が諏訪家の名を騙《かた》った者を通したと聞けば、直の上役である己にも責任の累が及ぶと考え、もみ消してしまうだろう。

——俺は何を追っている……。

それさえもはきとしないのだ。

諏訪家の名を騙った者たちは、果たして道中奉行が追っていた万次と喜八だったのか。それはどうも違うように思う。まず人相書と顔が違い過ぎた。ただこれはもうあてにならないとみたほうがよい。信じ難いことではあるが、顔を自在に変える技を持つ者がいるのだ。

——だが背丈だけはどうにもならぬ。

藤浪、島岡は、聞いていた万次と喜八の身丈と符合しなかった。

そしてあの姫を名乗った女は何者か。万次らが金で雇った者とも考えられるが、それにしては板についていたように思う。どこぞの町娘が出来る演技ではない。

そこまで考えた時、瀬兵衛ははっとなって天を仰いだ。青い空に雲が流れており、鳶《とび》が悠々と翔けている。

「駕籠舁きか……」

あの姫が乗っていた駕籠を担いでいた二人。どうも顔がうろ覚えである。当初、姫やその従者である二人の侍に疑いの目を向けており、駕籠舁きのほうには注目していなかった。しかし今思えばその二人は、万次と喜八と、身丈が同じだったように思えた。

瀬兵衛は茫としながら歩き続けた。向かう先は松下善太夫の屋敷ではなく自宅である。

「おかえりなさいませ」

知らぬうちに家に帰り着き、妻のお妙が迎えてくれた。お妙の声には瑞々しい張りがあり、こうして明るく迎えてくれるだけでこちらも気分が若返るようである。

「ああ、帰った」

瀬兵衛は刀をお妙に預けると、上がり框《かまち》に腰かけて、盥《たらい》の水で足を洗い始めた。

「旦那様」

「ん？」

呼ばれた瀬兵衛は、お妙に背を向けたまま答える。

「どうかなさいましたか？　お疲れのご様子ですが……」

「そうか？　歳を食っているからな。俺は」

瀬兵衛は苦笑しつつ親指と人差し指の間を丹念に洗う。

昔ほど躰も動かぬようになっている。だがそれと反対に下手人を嗅ぎ分ける嗅覚は強くなっていると感じていた。

「そのようなことを仰ると、本当に老け込んでしまいますよ」

「それは困る」

「私も困ります」

瀬兵衛はゆっくりと首だけで振り返る。お妙は真剣な面持ちであった。

もう二度とお妙を不幸にする訳にはいかない。あの者たちが何を目論《もくろ》んでいるのかは判らない。ただ一つ言えることは、危険な香りがするということだけ。そしてその香りは妖しく甘いものである。それに敢えて誘われ、真相を突き止める高揚感を、瀬兵衛の四肢は見事に覚えている。

――忘れろ。忘れるのだ。

瀬兵衛は己に言い聞かせた。

「お妙」

「はい……」

不安げな声でお妙は答えた。

「心配するな」

瀬兵衛が微笑《ほほえ》みかけると、ようやくお妙の頬も緩む。

幸せとはこれなのだ。人はそのために生きている。瀬兵衛は湧き上がる感情を抑えるように、心中で唱え続けた。

八

弥生《やよい》（三月）も暮れに差し掛かったある日、瀬兵衛は善太夫に呼び出された。そこで新たなお役目で赴く地を聞かされ、眉を顰めた。

「高尾山……何をするのです」

「要人の警護というところか」

善太夫が語るところに拠ると、高尾山にある人物が身を隠しているというのだ。

「山にそのような人が？」

「御薬園があるらしい。常時、役人や本草家が詰め、小さな村のようになっている」

善太夫も初耳だったらしい。つまり世間には公表していないのに、それを教えてまで道中奉行に頼まねばならぬ事態が出来《しゅったい》したということになる。

「何故、我らなのでしょうか」

「人手は幾らあってもよいそうだ。だが府外ともなれば、そうそう人は駆り出せぬ。高尾山は甲州《こうしゅう》街道に面しておる。それを理由に頼んで来たという訳だ」

「なるほど。その要人とは？」

瀬兵衛が尋ねると、善太夫は手招きしてさらに近づかせた。

「阿部将翁を知っているか」

「あの稀代《きたい》の本草家……」

本草家など誰がいるのかとんと知らぬ瀬兵衛でも、阿部将翁の名は知っている。いや瀬兵衛だけでなく、江戸の庶民の多くが知っているだろう。

将翁は栽培が困難と言われた、朝鮮人参を種子から育て上げることに成功した。未だ高価には違いないが、無理をすれば庶民でも手に入れられる程度まで、朝鮮人参の値を下げることになったのだ。これで救われた病人は数知れず、庶民の中には彼を神のように崇《あが》める者もいる。

将翁のことで、瀬兵衛は今一つ知っていることがある。

「しかしあの御方は……」

「そう。今年の睦月《むつき》（一月）二十八日、お亡くなりになられた……ことになっている」

昨年末より七人の本草家が姿を消す事件が起こっているらしい。

「そのようなことがあれば噂になりそうなものですが」

「幕閣と薬園奉行だけの秘匿事項であった。今回、そこに我ら道中奉行配下も加わる」

将翁は今まで姿を消した本草家が、赤子に思えるほどの知識を有しているらしい。これを奪われれば猛毒、あるいは阿片の精製に利用されると考え、幕閣は早くから警護を付けていたという。

「しかし亡くなった御方が何故、高尾山に」

「今年の初め、八人目が失踪した。幕閣はこれを重く見て、阿部殿を無理やり高尾山に軟禁し、世間には亡くなったと発表したのだ」

「死んだことにして、一生を高尾山で暮らせとはあまりにも無体な」

もし己がそのような境遇になったらと思うとぞっとする。

「それがな、阿部殿はもう長くはないのだ」

将翁は寛文五年（一六六五年）の生まれだというから、かなりの高齢である。さらに胸に病を抱えているらしく、昨年末には余命は半年ほどだろうと言われていた。つまりあと三月《みつき》もすれば死ぬことを見越して、それまで奪われないようにするという魂胆である。

——酷いことだ。

瀬兵衛は内心で未だ見ぬ将翁に同情した。将翁が採薬使となったのは五十七歳。享保六年のことだという。そこから三十年以上も老体に鞭《むち》打って幕府に尽くしてきて、最後がこれとは余りに哀れではないか。

「すでに薬園奉行配下が高尾山を守っている。お主は明日にでも向かってくれ」

将翁は死んだことにしてあるものの、まだ脅威が去ったとは言い切れない。敵が何者かに化けて拉《らっ》しようとするかもしれない。それを見破るのに、夥《おびただ》しい旅人を毎日監視する道中同心ほどの適任者はいないだろう。

「道中役を十名付ける」

善太夫はそう付け加えた。善太夫のような与力、己のような同心、その下に付く小役人を道中役という。

——厄介なことになりそうだ。

瀬兵衛は得体の知れぬ不安を感じていた。このような時、己の勘はよく当たる。しかしそれをおくびにも出さず、畳に手を突いて頭を下げた。

第二章　天嶮の牢獄

一

波積屋《はづみ》は本日も大盛況で、酔客の愉しげな声に包まれていた。

茂吉《もきち》の作る肴《さかな》は旨く、酒も他の居酒屋よりちょいとばかり安い。これで流行《はや》らない訳が無かった。客の大半は材木問屋の若い衆。昼間にたっぷりと汗を流して、ここで一杯やるのを楽しみにしている者も多い。

堤平九郎《つつみへいくろう》は奥の座敷で、赤也《あかや》と共にちびちびと杯を傾けていた。

「酒をあと二本くれ」

四人で来ている三十前後の組から新たに注文が入る。

「はいよ。ちょっと待ってね」

七瀬《ななせ》は別の客に肴を運びながら答える。

「七瀬さん、私が行きます」

空いた徳利を下げながら言ったのはお春《はる》である。

「お春ちゃん、ありがとう」

帰る所が無くなったお春を、波積屋に住み込みで働けるようにしたのはつい先日のことであった。

「お春が来てくれて本当に助かるよ」

板場の茂吉はこちらを見て微笑んだ。

「よく働くからな」

郷里《くに》の多摩《たま》では幼い頃から畑仕事を手伝い、江戸に来てからも菖蒲《あやめ》屋で陰日向《かげひなた》なく奉公していたお春なのだ。よく気が付くし躰《からだ》を動かすことを厭《いと》わない。さらに商家で働いていたからか、年の割には算勘にも長《た》けており、茂吉が釣りを間違えると、こっそり耳打ちしたりもする。人手不足に陥っていた波積屋にとって、早くもお春は無くてはならぬ存在になっている。

「お春、何か肴をくれないか」

赤也が言うと、お春は七瀬の顔を見る。そして七瀬が素早く首を横に振るの確かめると、

「駄目だって」

と、申し訳なさそうに伝えた。

「おいおい。俺は客だぜ」

「客とは御足をきちんと払う人を言うの」

「だって」

七瀬、お春と順に言われ、赤也は鬢《びん》を掻き毟《むし》った。

「二人に増えちまった」

平九郎は苦笑しつつ杯を持ち上げた。

「お前、つけは払ったんじゃねえのか」

「そうなんだけど、今日の分、持ってくるのを忘れたんだよ。そいつを、うっかり口を滑らせちまって……もう何も出てこねえ」

「だからそんなにゆっくりやっていたのか」

今日は飛脚の風太《ふうた》をお春に引き合わせたあと、祝いを兼ねて二人で一杯やっていたのだ。風太は明朝早くから仕事だというので、お春に見送られながら早めの帰路に就いた。

そしてついさっき赤也が席を移ってきたのだが、今日は妙に呑むのが遅いとは思った。それで平九郎もゆっくりと呑んでいたのだ。別に赤也を慮《おもんぱか》ったというより、相対した者に息を合わせてしまうという平九郎の癖であった。

「お春、肴と酒を二本くれないか。俺が払う」

「はい！」

平九郎の注文には七瀬の顔を見ることもなく快活に答える。横で赤也がちぇっと舌を鳴らし、平九郎は口元を緩めた。

暫くするとお春が酒と肴を運んで来た。

「お酒と、大将のおすすめです」

「お、これは……」

平九郎の声を聞き逃さず、包丁を動かしながら茂吉が答える。

「鰯《いわし》さ。酢で締めているんだよ」

鰯は傷《いた》むのが早く、こうして酢で締めることによって鮮度を保っているという。茂吉は布巾で包丁を拭いながら続けた。

「それは背黒鰯の胡麻漬けっていう下総《しもうさ》の料理だ。漁師に聞いたんで作ってみた」

鰯を開いた後、腸《わた》を取り出してよく水洗いする。それを一晩塩水に漬け込み、水気を切ってから今度はたっぷりの酢に漬ける。そして、胡麻と擂《す》り下ろした生姜、柚子の皮、唐辛子を混ぜ合わせたものと鰯を交互に重ね、葉蘭《はらん》の上に重石を載せてさらに漬け込む。臭みを除きつつ旨味を引き立てるといった作り方らしい。

「背黒鰯……？　鯷鰯《しこいわし》とどう違う」

平九郎は箸で摘み上げてまじまじと見たが、どうもよく判らない。

「同じだよ」

「え……どういうことだい？」

同じく皿を覗き込んでいた赤也が顔を上げる。

「鯷鰯は北から南まで、どこでも獲れる身近な魚だからね。土地によって呼び名が異なるのさ」

茂吉いわく小鰯、賑眼《はんがん》、金山《かなやま》、丸《まる》、五万米《ごまめ》、狼鰯《おおかみいわし》など、数十ほどもあるという。

「じゃあ、背黒鰯もそうか」

「下総ではそう呼ぶようだ。土地の料理を作らせて頂くんだ。魚の名もしっかり合わせようと思ってね」

茂吉は皺を浮かべて笑顔を見せた。茂吉は料理のことを語っている時がいちばん幸せそうに見える。

箸で持ったままの鰯を口に入れた。酢の爽やかな酸味が鼻に抜け、次に角張った生姜の味、しっかりと脂の乗った鰯の旨味が合わさって口中に広がる。最後にふわりと胡麻と柚子の香りが残った。

「なかなか旨いものだ。却って脂が引き立つな」

「流石、平さん。よく解っている」

茂吉は口元を緩めつつ料理に戻った。

「呑め」

平九郎は咀嚼《そしやく》しながら赤也に酒を注いでやった。

「なあ、平さん。北から南で思い出したんだが。あの爺さん、蝦夷《えぞ》地以外はどこにでも行ったたって触れ込みだぜ」

勤めの話である。赤也は来るや否や、後で話があると言っていた。調べて欲しいことを頼んであり、その報告で落ち合うことになっていたのだ。

勤めの話は店が閉まってからするのが常だが、この程度ならば誰も怪しむ者はいないだろう。

「あちこち行ったとは聞いていたが、そこまでか」

「ああ、内密らしいが、何でも清《しん》国にまで行ったとか」

「本当か？」

どうも嘘くさい話に平九郎は顔を顰《しか》めた。

「俺も眉唾だと思ったが、確からしいぜ。その時の知識も買われて雇われたってことだ」

そう言いながら赤也は人差し指を立てた。お上に、という意である。

「清国か……」

「しんこ？　一つ？」

丁度横を通りかかったお春が、漬物を頼んだと勘違いしたか振り返る。

「いいや、何でもない」

平九郎は慌てて否定し、苦い顔の赤也に、

「後にしよう」

と小声で言った。

お春は己が晦ました身。裏稼業のことは当然知っているが、危険なことには巻き込みたくない。勤めの話も出来るだけ聞かせたくなかった。

戌《いぬ》の下刻（午後九時）には最後の客が店を後にし、七瀬が「はづみや」と書かれた暖簾《のれん》を外す。

「七瀬、構わないよ」

茂吉は顎をしゃくって見せた。

「私がやっておくから。ね？」

お春も波積屋の屋根裏にある隠し部屋のことは知っており、今日は勤めの相談で集まっているということは薄々勘付いていたようだ。

「じゃあ、お言葉に甘えて」

七瀬は手燭《てしょく》に火を付けると、隠し扉を開けて屋根裏に上がっていった。一足先に蠟燭を灯しにいったのだ。

「行くとしますか」

赤也も紅を差したように赤らんだ頬を両手でぱちんと挟み、おもむろに腰を上げた。

「茂吉さん、すまねえな」

「いいってことさ。俺は起きているけど、片づけが終わったら、お春は先に休ませるから」

「ああ、頼む」

やり取りをしている間に、赤也は階段を上っていく。平九郎もその後に続いて屋根裏に上がった。すでに七瀬は数本の蠟燭に火を灯し終え、腰を落ち着かせていた。

赤也は欠伸《あくび》を手で押さえながら座り、平九郎もゆっくりと腰を落とした。

「さて、始めるか」

二

今年の睦月、平九郎は阿部将翁《あべしょうおう》という本草家から依頼を受けていた。その依頼は一風変わったもので、条件が三つある。

一つは晦ませる先が盛岡藩閉伊通豊間根村《へいどおりとよまね》であること。二つ目は必ず船を使うこと。最後は皐月の十五日に辿り着くこと。故に平九郎は卯月に入ったら動き始める目算を立てていたのだが、その時点で将翁は自宅にいる保証が無いといっていた。そのため赤也が動向をずっと監視し続けていたのだ。

「初めに……爺さんが死んでねえのは、前に言った通りだ」

将翁は青菜売りに扮した赤也が八十両を受けとった数日後、この世を去り、すでに葬儀も終えて茶毘《だび》に付されたという話であった。しかも下男の弁助《べんすけ》は死の三日前に暇《ひま》を出されたという。

そこから赤也は養生所、高尾山へと順に脚を運び、変装して近隣に聞き込んだ。そして高尾山に大勢の役人が入ったとの目撃情報を得た。それで高尾山に目星を付けて、以後三月《みつき》の間、探りを入れていたという訳である。

「高尾山から動いた様子は無いか……」

平九郎は独り言のように零した。

約十里（約四〇キロ）西に位置し、晴れた日には江戸からも望むことが出来る山である。測量した者の話に依ると、その高さは五町十八丈（約五九九メートル）とそれほど高い山ではない。

幕府が江戸に開かれて以来直轄領となっており、森林が自然《じねん》のまま守り続けられている。地元の猟師の他には殆ど人も入らず鬱蒼とした森が広がっているという。

前回の勤めでお春を多摩に送った帰り、赤也はいよいよ将翁を晦ませる時が近いということで、改めてこの高尾山に向かった。本格的に忍び込み、状況を調べ上げるためである。

「どうやって山に入ったの？」

七瀬が問うと、赤也は自慢げに鼻を鳴らした。

「いつものやつさ」

赤也は変装の名人である。服装は勿論のこと、顔の骨格まで練り澱粉で変えてしまう。さらに演技も一流で、まるで本物にしか思えず、声色も変幻自在なのだからまず見破られない。今回は春が来て獲物を追い始める猟師に化けて山に入ったという。

「鉄砲なんてよく用意出来たわね」

七瀬が言うのには訳がある。

——入鉄砲に出女。

と言われており、幕府は江戸に入る鉄砲、反対に出ようとする女に対しては特に目を光らせている。

「ああ、西側から入ったからな」

「あ、なるほどね」

高尾山のすぐ近くに関所があり、そこで入ってくる鉄砲、出て行く女を見張っている。つまり高尾山の西側では比較的簡単に鉄砲が手に入るのだ。

「続けるぜ。まず下男の弁助も高尾山にいたぜ。爺さんと一緒に連れて行かれたようだ」

「下男まで閉じ込めるとは念の入ったことだ」

将翁の余命はそれほど長くない。そこまでは弁助の身柄も拘束して万全を期したいことが窺えた。

「どこにいるのか説明する」

白紙と筆を取り、赤也は絵図を書き始めた。

「まず山道は初めは真っすぐだ。途中、左手に折れるところがあり、その先に薬園が広がっている。ここには小屋が八棟。役人や本草家が詰めている。栽培には高尾山近辺の百姓の次男、三男も雇われて通っている」

「ふむ。将翁が言っていたものだな」

赤也は頷くと筆を戻して山道を表す線をまた延ばした。

「折れずに曲がりくねった道を上っていくと、川を跨《また》いで小さな吊り橋が一つ。これを渡ってまだ上ると、今度は右に折れる細い道がある」

「待って、両側は？」

七瀬が一度そこで問いを挟んだ。

「ずっと鬱蒼とした森だ。勿論、橋のところは違うがな」

「分かった。続けて」

「道なりに行けば山頂だ。何もねえ。だが右に折れて木々のあいだを縫うような細い山路を暫く行くと、開けた場所に出る。そこに小屋が二つある。片方には爺さんと下男が押込められている」

「もう一つは見張り小屋か」

平九郎が問うと、赤也は首を縦に振った。

「常に四人。下の小屋から交代で詰めていて、何かあればすぐこれさ……」

赤也は人差し指の先を咥《くわ》えて見せた。

「呼子《よびこ》か」

「ああ、何人かで一組に分けられ、組の頭《かしら》が首からぶら下げている」

竹で作られた笛である。何事かが出来《しゅったい》すれば吹くように命じられており、すぐに仲間が駆け付ける段取りになっているらしい。

「全体で何人だ？」

「随分多いぜ」

まず薬園奉行配下の与力が指揮する五十余名が守っているという。

「与力の名は住岡仙太郎《すみおかせんたろう》、歳は三十。直心影《じきしんかげ》流の遣い手で、薬園方という閑職に甘んじているが、いずれは番方にも推されるのではないかと専《もっぱ》らの噂さ」

その程度は想定の内にあった。赤也が堅固というからには、他にも守っている者がいるのだろう。

「他は？」

「道中奉行から援軍が出ている」

道中奉行の同心が十名を率いて応援に駆け付けているという。

「もしかして……」

「ああ、例の篠崎瀬兵衛《しのざきせへえ》さ」

浅草の香具師《やし》の元締め、丑蔵《うしぞう》一家から万次《まんじ》と喜八《きはち》を晦ませた時、板橋宿で張っていた道中同心である。こちらのことを頭の先から爪先まで舐《な》めるように見る目、相当に用心深いことが解った。だが嫌疑が晴れるや一転、父の安否が解らない姫という役を演じた七瀬に、御守りを渡して無事を祈る優しさも持ち合わせている。

――ああいう奴が厄介なんだ。

相手を人としてしっかり捉えている。そういう者の目は鋭く、得てして苦戦する。町奉行所の定廻《じようまわ》りや火付盗賊改方《ひつけとうぞくあらためかた》でも通用しそうな男が、道中奉行の配下にいることに驚いた。現に松下善太夫《まつしたぜんだゆう》の屋敷を訪れた時、その瀬兵衛とすれ違ったが、明らかにこちらを訝しんでいるように見えたのだ。

「そっちのほうが油断は出来ねえ」

「平さんはあの男を高く買っているからな……そしてまだある」

赤也は頬を引き締めて低く言った。

「数が合わねえのさ」

厳密に数を言えば、薬園奉行からは与力を含めて五十二人。道中奉行からは瀬兵衛も含めて十一人。併せて六十三人となるはずだが、何度数えても他に二、三人、得体の知れない者が混じっているというのだ。

「御庭番ね」

七瀬が溜息をつき、赤也は頷く。

「だろうな。その連中は見るたびに人相が違う」

先代、徳川吉宗が創設した役職である。吉宗の生家である紀州藩《きしゅう》に「薬込役《くすりごめやく》」という諜報集団があった。それを手許に呼び寄せて、直属の間者《かんじゃ》として使った。これまでに「くらまし屋」と衝突したこともあり、かなり手強い連中であることは知れている。

「薬園奉行、道中奉行、御庭番……確かにかなり守りは固いな」

「どうやって晦ませるんだい」

「皐月十五日に間に合わせるには、遅くとも卯月の末には船に乗り込まねばならない」

江戸から陸奥まで七日ほどあれば辿り着けるが、天候のことも鑑みればそれくらいを期限としたい。

「将翁の躰の具合はどうだ？」

平九郎は訊いた。肝心の将翁の命脈が尽きてはこの勤めは意味がない。

「常に見張りが付いている。そして滅多に出て来ない。遠目に一度だけ見たが、顔色はあまりよくなさそうだったぜ」

「そうか。やはり本人に走らせるのは厳しそうだな」

ただでさえかなり高齢の老人である。病の身ならばそのような手は使えまい。たっぷりと時を稼げる方法を模索しなくてはならない。

「護衛のこともどうにかしなくちゃならないわね」

七瀬はそっと手を口に添える。

「裏から忍び込んで、夜陰に紛れてやっちまおうぜ」

赤也は手刀を作って振り回してみせた。

「平さんどう？」

七瀬は視線をこちらへと流した。この三人の中で戦いに長《た》けた者は平九郎しかいない。つまり四人の護衛の動きを封じることが出来るか、と尋ねているのである。

「どれほどの手並みか判らないから、何とも言えねえな」

平九郎はまずはそう答えた。仮の話である。その中に「炙《あぶ》り屋」万木《ゆるぎ》迅十郎《じんじゅうろう》のような化物が混じっていれば、勝てるかどうかさえも怪しい。

「仮にその住岡のような者……諸流派の目録以上の者なら、三十を数えるまでには負かせる」

平九郎の腕を知らぬ者が聞けば妄言だと思うかもしれない。しかし二人は真顔で頷いた。ただこれは、あくまで動きを封じるのを目標にすればという意味である。命を奪うというのであれば、その半分の時で済む。だが人の怨みを買えば、必ず己の身に厄災となって降りかかる。無用な殺生は出来得る限り避けるに越したことは無いのだ。

「三十か……呼子が危ないな」

赤也は薄い下唇を歯でなぞった。

「組頭からやればまず問題なかろうが……しくじった時のことも考えねばならねえ」

呼子を持つ組頭の動きを止めたとして、残る三人が大声で喚《わめ》けば気付かれることもある。ともかくできる限り長く時を稼がねば将翁を連れ出すことは難しい。

「それにいつまでも警護が四人とは限らない。倍にでも増やされれば組頭も二人。呼子も二つ。どう？」

七瀬は状況がさらに悪くなることも想定して話を進めた。

「八人となりゃ、百ほどは掛かるかもな」

「そっちは倍じゃねえんだな」

怪訝そうな顔の赤也に、平九郎は苦く笑った。

「そんな単純なものじゃねえさ。ましてや二人を同時に沈めるのは存外難しい」

その想定でいけば、組頭の一方でも逃せばすぐさま呼子を吹かれて仲間が駆け付ける。

「呼子か。それを逆手に取れば……赤也、ここからここまでの長さは？」

七瀬は薬園に左折する点、次いで将翁の居場所に右折する点を指差した。七瀬の頭の中では何か策が浮かび始めているのだろう。もし七瀬が戦国の世に男として生まれたならば、その機智だけで一城を奪えるのではないかというほど頭が切れる。

「ざっと二町半（約二七三メートル）か」

「じゃあ、ここと山頂」

今度は将翁の居場所から山頂までの長さを訊く。

「ここは随分あるぜ。ざっと……」

「一町（約一〇九メートル）あれば十分。このあたりの傾斜は緩やか？」

「ああ、まだ山裾だからな。これより上に行くとどんどん急に……」

赤也が話しているのを手で遮り、七瀬はゆっくり目を瞑《つぶ》る。これは七瀬が策を導く詰めで見せる癖である。止められた赤也もそれは承知で、苦笑しつつ膝を揺らした。

「いけそうよ」

「随分、時を稼ぐ必要があるぞ」

「これなら問題はない。ただあまり時はないから、人手がいるわね」

七瀬はゆっくりと順序だてて策を説明した。全てを聞き終えた赤也は顔を顰めた。

「だあ！　……結構、金を食いそうだ。取り分が減るな」

「五十両は残ると思うよ」

「ってことは、一人十六両と少しか。安いな」

長期に亘《わた》って調べて来た赤也はちと不満そうである。

「お前が二十四、俺たちは十三。それでどうだ？」

「いや、でも……いいのかい？」

赤也は一転申し訳なさそうに二人を交互に見る。

「いいわよ。今回はだいぶ働かせているし。でも波積屋のつけは引くからね」

「よし。俄然《がぜん》やる気が出て来た」

調子がいいもので赤也の顔がぱあっと明るくなる。

「どちらにせよ、短い時でやらなければ露見する。十人はいるな」

「どう？　赤也いける？」

「近隣の百姓は飢饉で金に困っているみたいだ。だから次男、三男は薬園奉行の手伝いをありがたがっているらしいぜ。反対にあぶれた者は不満を持っているとも聞いた。

向こうで雇える」

「一人二両与えれば飛びつくな」

一人二両で二十両、その他もろもろで十両、掛かりはしめて三十両という計算をしていた。

「宿場での塒《ねぐら》はおさえてあるぜ」

赤也の不敵な笑みを蠟燭の灯りが照らす。

「よし。明日、高尾山へ向かう」

平九郎が宣言すると、二人も示し合わせたように同時に頷いた。蠟燭の芯が詰まっていたか、鈍い音がして一瞬灯りが強くなる。そんな些細なことにも反応してしまうほど、神経が研ぎ澄まされていた。

三

東の空が僅かに明るくなっているが、辺りはまだ薄闇に覆《おお》われている。ここのところ日中は随分と暖かくなったが、早朝はまだかなりの冷え込みである。澄んだ風が頬に心地よい。

あちらこちらで鶏が競うように鳴き始めた頃、三人は波積屋を発った。平九郎は武士の装い、七瀬はその妻、赤也は中間《ちゅうげん》という恰好である。

昨日の密談の後、茂吉にも高尾山へ向かうことを告げた。

「気をつけなよ。聞くだけでも難しそうだ」

そう口では言うものの、茂吉の顔には余裕がある。平九郎の手並みに絶大な信頼をおいてくれているのだ。

「万が一の時には、かねて話していた通り」

「毎度そう言うが、平さんはしっかり戻って来る」

このような裏稼業をしていれば、いつ何時路傍に屍《しかばね》を晒すとも限らない。そうなった時は、茂吉にも累が及ぶかもしれない。平九郎の持ち金を全て引き上げて波積屋も畳み、江戸を離れるように言ってある。

「これまでと違うこともある」

「お春か。そりゃそうだ」

今一人、守らねばならない者が増えたのだ。茂吉も得心して二度三度頷いた。

——そろそろ目を覚ました頃か。

府内から出ようという頃、平九郎はお春のことを思い起こした。お春は出立する時にはまだ眠っていた。暫く会えなくなると知れば、何故起こさなかったのかと頬を膨らませるに違いない。

「やってるね」

旧内藤新宿《ないとうしんじゆく》に差し掛かった時、七瀬は小さく呟く。両側にずらりと旅籠《はたご》や茶屋が並んでおり、まだ昼時には早いというのに客を呼び込む声が飛び交っている。その道の中央に簡易の柵が設けられ、検問が行われているのだ。

「あの男が加わったとなると、当然だろうが……」

まさしく道中役のやり口である。このようなことを期待して応援に駆り出されたのだろう。だが解せないこともある。ここまで手を広げて将翁を守るということは、予《あらかじ》め何者かが奪いに来ることを知っているようではないか。

「どうもいないようでございますね」

赤也は早くも中間らしい口調になっている。中に篠崎瀬兵衛の姿は無い。宿場ごとに配下を送り、名主《なぬし》、問屋、年寄を三役とする宿役人《しゆくやくにん》を使って検問を張っているらしい。

「止まられよ」

柵の前で三人を止めた男、身形から察するにどうやら道中同心の下役である。年の頃は二十前後。お役目に就いて間もないのだろう。初々しさが感じられた。

「何かありましたかな」

平九郎は間の抜けた返事をする。

「仔細は申せぬが人相を改めているのです。暫し時を頂きたい。まず名をお聞かせ願えますか」

「植村《うえむら》家中、芝山平五郎《しばやまへいごろう》と申す。こちらは妻の米《よね》、控えたるは中間の半蔵《はんぞう》」

「植村家……と申しますと」

道中役はまだ不勉強なのか知らぬとみえ、名主らに視線を送る。しかし誰も知らないようで、一様に首を捻った。

「高取《たかとり》藩と申せばよろしいか」

「ああ！　なるほど。すっかり失念しておりました。ご無礼をお許し下さい」

恐らく道中役は知らなかったのを、そのように取り繕った。三百諸侯と言われるだけあって大名の数は多い。役目とはいえ、すべて覚えるのは容易ではあるまい。

「では通らせて頂くが、よろしいですかな」

「あの……手形はお持ちか」

出鼻をくじかれたせいか、道中役は申し訳なさそうに言った。

「半蔵」

「へい」

赤也が懐から手形を出して道中役に差し出す。それを三役とともにまじまじと見た後、赤也に再び戻した。

「確かに。手間を取らせました。お通り下され」

「では、お役目ご苦労でござる」

平九郎は会釈して通り抜けた。暫し進んで、道中役らが見えなくなってから赤也が言った。

「やっぱり櫻玉《おうぎょく》の爺さん、腕は流石だな」

「安くはないが、用意しておいてよかった」

日本橋に住まう老齢の版木師《はんぎ》である。読売の版木彫りなどを生業《なりわい》にしているが、これも実は裏の顔を持っている。金さえ積めば文書、手形、印章まで精巧に偽造してみせる。値は張るがその腕は一級で、未だかつて見破られたことがなく、平九郎は重宝していた。

「にしても妙だ」

平九郎は顎に手を添えて独り言《ご》ちた。

「ええ。検問の手が広すぎる。まるで奪いに来る者がいると知っているよう」

七瀬も気付いていたようである。

将翁がくらまし屋に依頼したことは誰も知らないのだ。それなのにこの警戒ぶりである。

「なるほど。こちらか」

指を地に向けた。地に潜る。転じて裏の者という意である。本草家を攫っている何者かを指している。そちらを用心しているのではないか。

「でも将翁は死んだってことになっているんだろう？」

人気が無くなったので、赤也も日頃の話し方に戻る。

「下手人にはその嘘も見抜かれていて、手を緩められないということも考えられる」

平九郎が仮説を立てると、七瀬は頭を傾けた。

「うーん……でも、幕府は見抜かれているって何で気付いたのかな」

確かに七瀬の言う通りだ。いかにして幕府はそれを知ったのか。

「御庭番の内偵か……よく解らんな」

薬園奉行、道中奉行、御庭番、本草家を攫う謎の者。そしてそこに己たち。幾つもの思惑が複雑に入り組んでいるらしい。

陽当たりがよいのだろう。早めに穂が出た狗尾草《えのころぐさ》が風を受け、路傍で揺れている。

その中に一本、茎だけを残して先が無いものがあった。土地の子どもが持ち去ったのであろうか。

四

江戸とは異なり、土と草の入り交じった匂いが香り立っている。時折吹くそよ風が、汗ばむ顔に当たり心地良い。

甲州街道の穏やかな田園風景の中、物騒な会話が繰り広げられているが、辺りには人気が無く、今のところは気にする必要もない。

初谷男吏《はつがやだんり》はこの平和な光景が、妙に忌々しく思えて軽く舌打ちをした。

「楽しみだなあ……御庭番を殺《や》れるなんて」

横を歩く榊惣一郎《さかきそういちろう》は足取り軽く嬉々としている。

「油断するな。そう容易くはないかもしれぬぞ」

男吏は苦言を呈するが、惣一郎の表情が変わることはない。

「大丈夫ですって。私が負けたことがありますか？」

「それは……無いが」

「それよりも巻き添えくって死なないで下さいよ。男吏さんは弱いん……」

た。

「黙れ」

男吏が遮るように言うと、惣一郎はくすりと笑ったが、すぐに眉を八の字に垂らし
天を見上げれば悠々と白雲が流れている。

「でも心配だな」

「何がだ。負けないのではなかったのか」

「そうじゃなくて、新入りが全て終わらせていないかってことですよ」

昨年の霜月《しもつき》（十一月）、己たちの一党「虚《うつろ》」に加わったばかりの男だ。すぐに本草家の案件を任され、すでに八人の拉致に成功していた。その中には仲間の失踪に不安をつのらせて、用心棒に浪人を雇っている者もいた。しかし新入りは難なくそれを屠《ほふ》り、本草家を攫ってみせている。

「手並みはいい。だが考えものよな。そのせいで幕府を身構えさせてしまった」

五人目以降、幕府に命じられた薬園奉行の手先が護衛に付くはめになった。新入りはそれを潜り抜けて上手く勾引かし続けた。その過程で薬園奉行の同心を一人、下役を二人殺している。

幕府の警戒は回を重ねるごとに強くなっている。此度に至っては標的を死んだよう

に装い、高尾山に隠してしまう徹底ぶりである。

居場所を知るため己が動かねばならなかった。八人目の本草家についていた薬園奉行の下役も纏めて攫わせ、その者から聞き出した。つまりは拷問である。

己の表の顔は伝馬町《てんまちょう》牢屋敷の牢問役人。法度を外れた拷問も施すことから、世の名だたる悪人たちからも「拷鬼《ごうき》」として恐れられている。

流石に牢屋敷で私《わたくし》の拷問をする訳にはいかない。虚の隠れ家の一つで行った。下っ端に土間に大きな穴を掘らせ、薬園奉行の下役をその中に入らせる。土で埋めて顔だけを出させるのだ。

下っ端とはいえ虚の一員。腹は据わっている。それでも男吏がわざと錆《さ》びさせた畳針を百本ばかり手にして部屋へ入ると、下っ端は顔を激しく引き攣らせていた。

「殺されても吐くものか」

下役は唾を吐いて睨みつけてきた。割と気骨はあるようだ。だが、口では何とでも威勢のよいことを言える。

「その意気だ。俺も長く楽しみたい」

男吏が薄く笑うのを見て、すでに顔から血の気が引いていた。男吏が阿部将翁の居場所を訊き出したのは、それから僅か四半刻（約三十分）後であった。

惣一郎は口を尖らせて言った。

「男吏さんの手まで煩《わずら》わせて。何も考えず殺せばいいってもんじゃないですよ」

「お前が言うな」

「酷いな。私は殺っていい時しか、殺らないです」

こうして柔らかに話す様を見ていると、この男が虚きっての刺客だというのが嘘のように思えてくる。

「御館様は奴をお主ら三人に加えるつもりだろう」

虚には武芸に長けた者が三人おり、諸事の実行役を担っている。やるべきことが拡大してきている今、御館様は優秀な人材を欲しているのだ。

「えー、嫌ですよ。あいつ陰気なんですもの」

「文句を言うな」

「二人で組まされたらどうしよう。私は男吏さんがいいな」

男吏は鼻を鳴らした。どうした訳かこの若者は己に懐いている。惣一郎は手を首の後ろで組んで続けた。

「守ってあげなくちゃ、死んじゃうし。男吏さん弱……」

「黙れ」

男吏が被せて言うと、惣一郎はあっと声を上げて駆け出す。そして腰の刀に手を掛けたかと思うや、さっと陽の光が地に落ちたかのような煌《きら》めきが走った。

「何を……」

「狗尾草。咥えていると恰好いいでしょう?」

目にも留まらぬ速さで抜刀、そして納刀し、狗尾草の先が地に落ちる前に左手で摘んでいる。惣一郎は零れるような笑みを見せると、はむと狗尾草を咥えた。

「誰が見ているかもしれぬのに、刀を抜くな」

「見ていませんって。姿は見えない、気配も感じない」

惣一郎は目の上に手で庇《ひさし》をつくって、大袈裟に辺りを見渡した。

「しかし……相変わらず、凄《すさ》まじい技だ」

「ありがとうございます。急ぎましょう」

新入りはすでに高尾山を目指している。御館様は独りでは流石に苦戦すると思われたか、己と惣一郎を差し向けた。もっとも己は、惣一郎の言うように闘争には向いていない。惣一郎の行きすぎを止める、謂わば御守りのような役回りである。

「男吏さん、早く」

惣一郎は手招きすると、鼻唄交じりに軽やかに歩き始めた。長閑《のどか》な風景に上手く溶け込んでいるが、この若者こそ真の鬼ではないか。男吏は苦笑して飄々《ひょうひょう》とした背を追った。

五

平九郎らが駒木野宿《こまぎのしゅく》に到着したのは翌日の夕刻であった。駒木野宿は七十戸ほどの小さな宿場である。

大きな小仏宿《こぼとけ》は目と鼻の先なのだが、この宿場が流行《はや》るには訳がある。

ここでは常に、関所が設けられているのだ。旧内藤新宿で受けたような検問とは、その規模、調べの厳しさは比べるべくもない。

関所には東西二つの門があり、北側には間口五間（約九メートル）、奥行き三間（約五・四メートル）の頑丈な造りの番所が設けられている。江戸側の東門の横には、榎《えの》沢《さわ》川の清流があり橋が架けられている。

関所をぐるりと取り囲むように柵が巡らされ、南側には小仏川を越えてその先の山裾まで約二町（約二一八メートル）に亘って夥《おびただ》しい竹矢来が備えられている徹底ぶりである。

この関所、手形を持っていようとも卯《う》の刻（午前六時）から酉《とり》の刻（午後六時）までしか通れない。故にそれより遅く着いた者は、駒木野宿で一晩を明かすというようになっている。

だが平九郎らが到着したのは申《さる》の下刻（午後五時）頃。何とかまだ通れるという時刻である。検問だと遠目に誰がいるか解るが、番所だと中に入らねば様子が解らない。

――篠崎瀬兵衛だけはまずい。

あの者と邂逅《かいこう》した時、身形こそ違えど三人とも素顔であった。故に赤也が変装して一人で行き、篠崎が不在と解れば、合図として大袈裟にくしゃみをする。それが聞こえたところで二人は手形を持って番所に行くという段取りである。

赤也のくしゃみが聞こえた。これがまたえらく上手い。平九郎と七瀬は顔を見合わせて関所に向かう。こうして三人はここも無事に通り抜けることが出来た。

小仏宿に辿り着くと、赤也は「中野屋《なかの》」と謂う二階建ての旅籠に案内した。塒と称していたのはここである。

「なるほどな。これはいい」

「だろ？」

赤也は得意げに笑う。二階の部屋に通されて、何故赤也がここを選んだか解った。まず宿場の外れにあるということ。そして裏が森になっており、いざ何事かが起こればそこに逃げ込めるのである。ここが近隣から人を集めるための拠点になる。

「明日一日で人を集めるぞ」

平九郎はそう言い、その日は早々に床に就いた。

翌日の朝、赤也は背負って来た行李《こうり》の蓋を取ると、着物を二枚衣紋《えもん》掛けにかけた。平九郎は同心風の恰好、赤也はその下役という装いで村々を回ることになっていた。

——薬園奉行の配下を装う。

薬園を広げるから新たに人を募っている、とふれて回る。この筋が最も怪しまれないだろう。ただ数日もすれば偽者と知られてもおかしくはない。短い時で終わらせ、そこから先は七瀬の策を信じるだけだ。

俸給は二両。しかも行き帰りも含めて十日以内に仕事は終わるとあって、早くも二つ目の村で頭数が揃《そろ》った。これで下準備は全て整ったことになる。

小仏宿中野屋を三人で発つと、平九郎は一人となった。七瀬の存在を百姓たちが訝しむかもしれないからだ。

平九郎は宿場の外で百姓たちと待ち合わせ、高尾山を横目に見ながら甲州街道を西へと進む。下役を装っている赤也は、先行させて下準備をさせていると百姓たちに説明した。実際は、七瀬も一緒に一足先に向かっている。

平九郎は度々高尾山を見上げた。

「どうかなさいましたか？」

百姓の一人が首を捻った。

「いいや。間もなく夏だなと考えていた」

山全体が瑞々しい青葉に覆われているのだ。百姓は疑問に思わずに相槌を打つ。だが平九郎には、山そのものが将翁を捕えている大きな牢獄のように見えた。

——急ぐか。

切れ者の篠崎がいることもある。だが山を見ていて妙な胸騒ぎを感じたのである。

平九郎はその不安を振り払うように歯を強く噛み合わせ、今一度、悠々と聳え立つ高尾山を見上げた。

第三章　其は何者

一

篠崎瀬兵衛《しのざきせへえ》は三日に一度は駒木野《こまぎの》関所に足を運ぶ。関所を通った者の名は全て帳面に記されており、篠崎はその名を一々読み上げ、少しでも不審なことが無かったか、下役や宿役人たちから聞き取っている。

「この高取《たかとり》藩士、芝山平五郎《しばやまへいごろう》という者はどうだった」

篠崎は帳面に指を滑らせて尋ねた。

「はい。確か妻女を伴って国元まで行くと」

関所の役人は、男のほうがすらりと身丈が高かったからよく覚えていると言った。

「ふむ。この時刻ならば、小仏《こぼとけ》宿に泊まっただろうな。猪新《いのしん》」

「はい。お待ちを」

猪原新右衛門《いのはらしんえもん》。四年前に己の下に配された道中役で、姓名を約《つづ》めてそのように呼んでいる。齢はまだ二十歳になったばかり。お役目に就く前は暴れ者として有名で、方々でやんちゃばかりしていた。しかし根は真正直で人情に厚い。町衆には好かれる性分で、それが道中役のお役目にも上手く活きている。新右衛門は己によく懐いてくれている。

「ええと……夫婦だけってのはいませんね」

新右衛門は手控え帳を捲《めく》りつつ答えた。小仏宿に何時、どのような風体の者が泊まったか、これも宿主から全て聞き込んでいる。

「間違いないか？」

「はい。夫婦だけの泊まり客はありませんよ。男女の客は、男二人と女一人。男一人と女三人だけです」

新右衛門が断言する。関所の役人も覚えていたようで帳面を指差す。

「それなら翌日、ここを通って江戸に行った一行です」

「どちらだ？」

「男一人と女三人。商人っていう話ですが、あれは女衒《ぜげん》ですな。甲斐《かい》あたりの女を吉《よし》原《わら》に売りに行くのでしょう」

つまりその四人組は甲斐方面から来て、小仏宿で一泊して江戸に向かったことになる。今回、将翁《しょうおう》を狙っている一味とは無関係であろう。

「では、男二人と女一人の組は通ったか？」

瀬兵衛も自ら関所の帳面を覗き込む。

「いや、その前後ではいませんね」

役人は唇を内に巻き込んで首を横に振った。

「なるほど……となるとその夫婦はどこに泊まったのでしょうな」

新右衛門は眉間に皺を寄せた。江戸方面から来て、閉まる直前の関所を通る。そして小仏宿にはそれらしき者は宿泊していない。

「考えられるのは三つ。一つ目は足を延ばして次の小原《おばら》宿まで行ったということ」

だが小原宿に辿り着くためには難所である小仏峠を越えねばならない。ただでさえ足場が悪いのに、わざわざ夜に移動するとは考えにくい。

「この日は曇《くも》りで月も出ていませんでしたしね」

新右衛門もこれに同調した。中々よい目の付け所で、瀬兵衛も感心して頷いた。

「二つ目は野宿だが……この泰平の世とはいえ、小仏峠には夜盗の類《たぐい》が出る。女連れでこの危険は冒すまい」

「ましてや歴とした高取藩士。追剝《おいはぎ》相手に不覚をとるようなことがあれば家禄没収もある。そもそも何故、植村家中の者が甲州街道を?」

新右衛門の疑問は、瀬兵衛も感じていたことである。甲州街道を通る大名家は信濃高島藩、信濃高遠《たかとお》藩、そして飯田《いいだ》藩の三つだけ。これは大名行列の場合で、個人の旅の場合は決められていない。とはいえ大和《やまと》高取藩ならば通常、東海道を通るはずである。

「問い詰めなんだのか?」

「申し訳ございません」

役人は苦しそうな顔つきになって詫びた。手形は確かに高取藩が発給したものだったらしく、甘くなってしまうのも無理はない。それに何らかの事情があって東海道を避けていた可能性もある。

「あと最後に考えられるのは……」

「宿場で何者かと合流し、男二人女一人になったということですね」

先んじて新右衛門が言った。やはりこの若者は見所がある。

「よし、戻って宿に当たるぞ」

瀬兵衛の言葉に、新右衛門は力強く頷いた。

小仏宿に戻り、男女三人組が泊まった中野屋という旅籠に向かった。

「道中奉行配下の篠崎瀬兵衛である。主人はいるか」

暖簾を潜って名乗ると、人の好《よ》さそうな主人が顔を引き攣《つ》らせながら出て来た。事前の聞き込みがあって戻って来たので、何かまずいことがあったのかと恐れをなしている。

江戸の府内では全くといっていいほど権勢の無い道中役だが、こと宿場町においてはその名の威力は絶大である。道中奉行は旅籠が胡乱な者を泊めたというだけで、営業権を奪うことも出来るのだ。

「何かございましたか……？」

「三日前、ここに泊まった男女三人組のことで訊きたい」

「少しお待ち下さい」

主人は宿帳を取ってくると、指を唾で湿《しめ》してから捲った。

「御新造様と一緒の高取藩士の方ですね。中間を連れておられました」

「中間……どのような面相であったか覚えているか」

「ええ、それはもう。うちの女どもがうるさかったもんで」

「女？」

瀬兵衛は新右衛門と顔を見合わせた。

「はい。その中間、えらく男前でね。皆覗き見してばかりだったので、叱りつけました」

中間は鼻筋が通り、目元涼やかな、役者のような美男であったらしい。

「左様か。夫婦はどうだ」

「お侍様は……」

主人は視線を上に持っていき記憶を手繰《たぐ》るように話す。それを新右衛門が手控え帳に事細かに記していく。全てを聞き終えて瀬兵衛は奇妙な符合に違和感を持った。

――どの者も面相が似ている。

板橋宿で改めた駕籠の連中である。駕籠に乗っていたのは高島藩の家老の娘で、確か名を多紀《たき》と言った。男二人も、供についていた侍たちと相貌が酷似している。さらに身丈がほぼ同じなのだ。

男二人もあの時の供侍と同じ者だったとする。その者たちと同じ「耳朶」の形でありながら、顔の作りから体格まで全く違う二人を、つい最近松下《まつした》屋敷で見たばかり。しかも彼らが名乗った武士は別人、あるいは存在しなかった。

仮説と仮説を折り重ねた話ではあるが、瀬兵衛の勘はそうだと告げている。そしてその者たちは何者か。おそらく、

――裏稼業の者。

今の江戸にはそのような輩《やから》が跋扈《ばっこ》しており、彼らの仕業と思われる凄惨《せいさん》な事件も後を絶たない。これ以上、江戸の治安を悪くさせる訳にはいかない。それを水際で止めるため、街道を取り締まることも道中奉行配下のお役目の一つである。

瀬兵衛は新右衛門の手控え帳を見ながら、主人に尋ねた。

「その三人は着いて翌々日に発ったとある。中一日逗留していたことになるが、何をしていたのだ」

「御新造様の体調が優れなかったようです。ずっと寝ておられました」

「男も付き添って部屋にいたのか?」

新右衛門が問いを重ねた。

「いえ、御新造様は疲れているだけなので、一人にして欲しいと仰ったようで、お二人は日中外へ。実のところは喧嘩だったのかもしれませんな」

瀬兵衛が目配せをすると、新右衛門は頷いて旅籠から出て行った。男二人が一日何をしていたか、他の道中役と共に足取りを追わせるためである。もしかしたら見た者がいるかもしれないのだ。

「主《あるじ》、その者らが泊まっていた部屋へ案内してくれるか」

「よろしゅうございます」

瀬兵衛は主人に連れられて二階へと上がった。一番奥の右。これが三人の泊まっていた部屋らしい。部屋に入ると壁や障子を撫ぜて丹念に調べていく。何か痕跡があるという訳ではない。

「なるほどな」

窓を開けて思わず呟いた。裏が森になっている。よくよく考えればこの旅籠も宿場の外れだ。宿場に踏み込まれた時にここほど時を稼ぎやすく、逃げやすい部屋は無い。

「お尋ね者だったのでしょうか……」

主人が怖々訊いてきたので、瀬兵衛は笑みを作った。

「いや、そうではない。仮にそうであっても、そなたに何か累が及ぶことはない。安心せよ」

主人はほっと胸に手を当てて安堵の丸い息を吐いた。

——お前は誰だ。

瀬兵衛は心の中で問いかけた。神出鬼没で顔も変わる。何が目的なのかもわからない。物の怪の類ではないかと言う者がいても何らおかしくない。だが人間《ひと》であると確信している。何度思い起こしても、人間だけが放つ生の香りを瀬兵衛は確かに嗅いだような気がするからである。

二

瀬兵衛は高尾山の薬園に戻った。此度《こたび》のお役目は複雑であった。護衛の命《めい》はあくまで薬園奉行から下され、その采配を任されているのは与力の住岡仙太郎《すみおかせんたろう》と謂う男である。

「只今、戻りました」

丁度、住岡が薬園を見回っていたので声を掛けた。

「どうでしたかな?」

住岡は片眉を上げて尋ねてきた。

住岡は道中奉行配下の者たちが、日中、街道の調査に出ることを快く思っていない。瀬兵衛が街道にまで手を広げたいと申し出た時、住岡はいつ襲撃があるか解らず、誰が下手人かも不確かなのだから、高尾山の守りに集中すればよいと猛反対した。

——我らがここに来た訳は、この力を買われた故。

瀬兵衛はそう反論した。実際、薬園奉行の配下につけと言われた訳ではない。道中奉行配下は独自の動きを許されている。とはいえ、そこは協力もしなければならない。頑《かたく》なな姿勢は無用な軋轢《あつれき》を生みかねず、三日に一度程度ということで納得させた。今もそれを配慮して、己だけ一足先に戻って来たという訳だ。

「少々怪しい者が。今、配下が聞き込んでおります」

「それは、先んじて捕まえられそうですかな」

「いえ、まだそこまでは」

住岡は己の配下と顔を見合わせると、小さく鼻を鳴らした。

「何度も申し上げるが、下手人の目的は阿部《あべ》殿。動くならば必ず山に来る」

「そうなりますな」

瀬兵衛は鷹揚《おうよう》に相槌を打った。

「ならば街道にまで手を伸ばし、力を分散させるのは得策ではないと思うが」

渋々認めているということは解っていた。やはり住岡は瀬兵衛の方針に今も得心していない。

「住岡殿は剣も遣われるとか」

瀬兵衛は話を転じた。ここに来る前、薬園奉行の陣容を下調べしており、住岡が直《じき》心影流《しんかげ》をかなり遣うことを耳にしている。

「左様。篠崎殿は？」

「私は一刀《いっとう》流ですが、得意なほうでは……有り体に申せば下手ですな」

瀬兵衛が苦笑すると、住岡の口元にも嘲《あざけ》りの色が浮かぶ。瀬兵衛はそれに気付かぬふりをして話を続ける。

「剣に後の先という言葉がありましょう」

「ふむ。相手が仕掛けてきた技に合わせて掛ける技……ということですな」

「ご丁寧に」

「なに、篠崎殿が苦手と仰《おつしや》るので、確かめたまで」

「町奉行所の探索は、言ってみれば後の先。何かしら事件が起きてから、下手人を追うということですな」

「道中奉行は違うのか？」

「はい。火付盗賊改方と手法は同じ」

「これは大きく出たな」

住岡はついに噴き出してしまい、配下の者たちもつられて笑った。火付盗賊改方はその名の通り、火付けや盗賊を取り締まるために創設された番方の役職で、その働きの苛烈《かれつ》さは府下に知れ渡っている。

「先の先。攻めの探索です。事件が起こる前に、怪しい者は片っ端からしょっ引きます」

瀬兵衛が凛然と言い切ると、住岡の顔から笑みが消えた。

火事では何百、何千、時には何万もの人々が死ぬ。故に起こってからでは遅く、火付盗賊改方は多少強引な取り調べをしてでも未然に防ごうとする。

未然に防ぐ。この点は道中奉行も同じである。常に移動している旅人を相手にしているのだから、事件が起こってしまっては二度と捕まえることが出来ないかもしれない。そしてそのような悪人を将軍のお膝元に入れる訳にもいかぬ。どんなに些細でも常と違うことがあれば、徹底的に洗うのが道中奉行の信条である。

「日ノ本全てが管轄。いざとなればどこまでも追います。執念だけは他のどのお役目にも負けぬものかと」

声低く、それでいて穏やかな表情のまま瀬兵衛が言うと、住岡は苦虫を噛み潰したような顔になった。

――何を熱くなっている。

自分自身を窘《たしな》めた。ほどほどに務め、出世も望まず、決まった俸給を頂けばよい。そのためには上役におべっかも使う。喧嘩などはもってのほか。それでお家を失っては元も子もない。そう思ってこの四年間を過ごしてきた。故に同輩の多くは今や己を昼行燈のように思っている。だが他のお役目の者に小馬鹿にされたからか、腹から熱いものが込み上げてきた。

——いや、血が騒いでいるのだ。

この短期間に得体の知れない輩と何度か邂逅していること。そしてその者たちが、今回もまた一枚噛んでいると己の勘が告げていること。それを追いたいという欲求が、己を昔のお役目に燃えていた頃に戻そうとしている。

住岡はふっと力を抜いて興を失ったように言った。

「左様か。御庭番といい、それぞれの流儀があるということか」

「お呼びですかな」

声が聞こえてはっと二人が同じ方向に目をやった。かなりの大柄にもかかわらず、気配を一切感じなかった。その身丈は六尺一寸（約一八三センチ）ほどであろう。鷲《わし》鼻《ばな》で頬骨が突き出ているからか、顎まで尖っているように見える。

この男こそ、高尾山を守るために派遣されたもう一つの役目。御庭番を束ねる男。名を網谷久蔵《あみやきゆうぞう》と謂う。

「御庭番は人の話を盗み聞くのか？」

住岡はこちらにも不快そうな顔をする。結局、手柄を独り占めしたいというのが住岡の本心らしい。

「我らは大樹公の庭に潜み命を拝する者。時には周囲に気付かぬように囁かれることもある。それを聞き逃さぬようにしているうち、耳が聡くなるのですよ」

網谷は己の耳朶を摘んで片笑んでみせた。

「丁度よい……三方の頭《かしら》が揃ったので、改めて打ち合わせをしたい。少し布陣を変えようと思っていた。篠崎殿もよろしいか」

住岡はこちらと網谷を交互に見た。住岡としてはあくまで己が采配をとるのだと釘を刺しておきたいのだろう。

「結構です」

「異存はない」

瀬兵衛、網谷の順に同意して、住岡が居住する小屋に入る。

幕府は三年前から高尾山に隠し薬園を作り、八棟の建物まで作っている。薬園の隣に建っているから便宜上、「小屋」と呼ぶが、一般の屋敷と比べても遜色《そんしょく》はない大きさであった。中でも住岡の住まうここは、小旗本の屋敷ほどの大きさがある。

座敷に鼎座《ていざ》し、三者での打ち合わせが始まった。住岡は簡易的に描かれた近辺の絵図を広げた。瀬兵衛はこれが初見で、このようなものを用意しているとも知らなかった。

「まずここが、阿部殿に住まって貰っている小屋だ」

——その言い様よ。

苦笑せざるを得ない。体よくいっているが実際は軟禁、いや監禁に近い状態である。

「ここの守りはこれまで通り、我ら薬園奉行配下のみで行いたい」

住岡はこれまでもそこに拘っていた。来襲した敵を捕まえる可能性が最も高いのはここになる。

「道中奉行配下は応援の身。構いませぬ」

「お好きになされよ」

瀬兵衛だけでなく、網谷も同意する。

「今までは交代で四人が詰めていたが、これを倍の八とする」

「それは何故」

瀬兵衛は首を捻った。住岡は唇を嚙み、忌々しそうに言った。

「今日、江戸から文《ふみ》が来た。本草家を狙っている者の正体が知れた」

「何ですと、それは……」

瀬兵衛は身を乗り出した。ずっと気に掛かっている謎の者たちだと思ったのである。

「虚《うつろ》という一味だ。詳しいことは解らぬが、幕閣は江戸で起こっている様々な事件に関与していると見ているらしい」

「数は？」

「それもはきとしないが、総勢で十人ほどだとか」

——十か……。

あの者たちだろうか。奴らは最低でも三人いるのは確か。他に仲間がいてもおかしくないが、瀬兵衛にはどうも違うように思えた。もっともこれも勘の域を出ない。

「上は何故、一味の名が解ったのでしょうな」

「昨年、町奉行所の同心が斬られた」

その同心は頻発する荷抜きを追っており、怪しい者に辿り着いたという。しかし相手に勘付かれて返り討ちにあってしまった。

「その者は荒木《あらき》流をかなり遣ったようだ」

まずは片腕を落とされ、次いで首を一刀の下《もと》に刎《は》ねられた。どうしてそのように克明に解っているかというと、同心は中間を物陰に隠れさせ、何があっても出るなと命じていた。故にその者が一部始終を見ていたというのだ。中間は主人が無残に殺される声が出そうになるのを、両手で口を押さえて懸命に耐えた。下手人二人。同心を屠ったのはどうやらかなり若い男のようだった。その若いほうが刀を懐紙で拭いながら、

「そこにいるのでしょう」

と、声を掛けて来たので、中間は心の臓が飛び出そうになるほど狼狽《ろうばい》した。己も殺される。そう思ってがたがた躰を震わせていると、若い男は丸みの帯びた声で続けた。

「殺しやしない。言伝《ことづて》を頼みます。我らは虚。何人《なんぴと》の邪魔も受けない……とね」

「おい」

もう一人の男が短く窘める。背はすらりと高く、声は大鐘の余韻《よいん》のような不気味な低さ。どうやらこちらは壮年のようであったという。

「いいじゃないですか。もうその段階だと御館様も仰ってましたし」

若い男はけろりと言い、もう一度物陰に隠れた中間に続けた。

「頼みましたよ。虚です。かっこいいでしょう？」

中間は顔を半分出して覗き見た。月明かりが逆光になった顔ははきと見えない。屍の前でくすくすと笑う若者は、まるで天から降りた妖魔のように見えたという。

「幕府はこれを重く見て、虚なる集団を、町奉行所、火付盗賊改方などを挙げて追っているらしい。薬園奉行にはとんと知らされなかったが……」

なるほど。これで道中奉行に加えて御庭番まで援軍に派される訳が解った。瀬兵衛が思っていた以上に、この役目は危険を伴うものらしい。

住岡の話を聞いていて、ふと気付いたことがある。先ほどより網谷はしきりに驚き、相槌《あいづち》を打っていたが、それらの端々に微かな嘘くささを感じたのだ。

「網谷殿、貴殿はその虚なる者たちをご存知だったのでしょう」

「はて」

網谷はひょいと首を傾げた。

「凶悪な者たちを相手にするのです。それぞれ思うところはあろうが、ここで知っていることを明かしても悪いようにはならぬと思うが」

「流石……『路狼《みちおおかみ》』の異名は伊達ではござらんな」

「路狼？」

住岡が眉間に皺を寄せると、網谷の口元が僅かに緩んだ。この者、己のことを十分に調べ上げてきている。

「ええ。街道を行く悪人、罪人の嘘を見抜き、片っ端から捕まえたことからそのように。最近では随分大人しくされているようですが……」

「昔のことです」

瀬兵衛は愛想無く言った。確かに以前はお役目に命を懸けてもよいと思い、そのように呼ばれていたこともあった。だが今では無理は一切止め、日々坦々《たんたん》と勤めている。

だからこそ、このような危険な任と知り、初めはすぐにでも帰りたいと思っていた。

恐らく幕府の要職である勘定奉行も兼ねている道中奉行も、その「虚」のことは知っているはず。だが、呑気な様子から察するに、上役の松下善太夫《ぜんだゆう》は知らされていないのではないか。故に平易な役目だと思って己に振ったのだろう。

「で、どうなのですか？」

「その通り。我ら御庭番の役目は虚なる者の正体を探ること」

「今、解っていることは」

「荷抜きを行っているらしいこと。凄まじい剣客がいること。そして柳営を恐れぬことと……そのほかにはとんと。故に調べねばならぬという訳です」

瀬兵衛は目を細めて網谷を凝視した。

――嘘は言っていないだろう。

人は嘘をつく時、躰のどこかに僅かな変化が出る。もっとも御庭番ともなると、それを隠す修練を積んでいることも考えられる。完全に信じられはしないが、そう思った。

「住岡殿、敵は手練れと知ってなお、薬園奉行配下だけで阿部殿の小屋を守られるおつもりか」

虚のことを話す前に、薬園奉行配下だけで将翁がいる小屋を守ると宣言している。つまりは幕閣が脅威に感じている者たちを退けるという、大殊勲を立てようとしているのだ。

「此度は剣に長けた者を十名連れてきている。常に二、三人が阿部殿の護りにつく」

網谷と視線が交錯した。功名心に逸っており、何を言っても無駄だろうと目で語っている。

「では我らは？」

「後詰めに……」

住岡が言いかけるのを、網谷が手を挙げて制した。

「要所は薬園奉行配下の方々にお任せ致す。それぞれの流儀があることは明白。邪魔立てはしませぬ故、好きに動かして頂きたい。篠崎殿もそれがよいでしょう？」

「ええ。助かります」

住岡は暫しの間考え込んでいたが、納得したようで二度三度頷いて言った。

「よろしい。では皆でお役目を全う致しましょう」

確かに網谷の言う通りである。三つの組織のやり口は異なる。御庭番にいたっては将翁の警護よりも、虚なる者を調べ上げることが真の目的である。無理やり足並みを揃えようとするより、銘々のやり方で死力を尽くした方がまだましというもの。

——さて、どうするか。

瀬兵衛は下唇を親指で撫ぜた。虚なる兇徒と、己が心がかりの者たちは本当に別なのか。別ならば二つの集団が将翁を狙っているのではないか。さらにいかなる手法で奪いに来るのか。頭が四年前のように冴え渡っていくのを感じる。

——無理はせん。心配するな。

脳裏に浮かんできた、優しげに微笑む妻に向けて瀬兵衛は心中で呟いた。

三

その日の夕刻、瀬兵衛の元に新右衛門が戻って来た。全員で手分けして小仏宿近辺に聞き込みをしてきたのである。道中奉行配下に割り当てられた小屋の中、この度派された全員が居並んでいる。

窓から差し込む鋭い西日が皆の顔を照らしている。

「篠崎様の勘は当たりました」

代表して新右衛門がずいと膝を進めて報告を始めた。

「何があった」

「殺しが一件」

「何だと」

瀬兵衛は目配せをして窓を閉めさせた。畳を割るように差し込んでいた光がするすると引いていき、部屋の中は薄暗くなる。代わりに数人が立ち上がり、早くも行燈に火を灯した。

薬園方、御庭番、そして道中役とそれぞれに思惑がある。今の段階では聞かれぬほうがよいと思ったのだ。

「何故そのような大事が知らされないのだ」

小仏宿の近くで事件がおこれば、宿役人に報告され、次いで関所に知らされる。そうなれば己の耳に入って来そうなものである。

「それが奇怪なのです」

新右衛門はそう前置きし、声を落として話し始める。

「一昨日のことです。宿場の女が洗濯に出掛けた時、川辺に屍を見つけました」

「溺死ではないのか？」

「恐ろしくて近づけなかったらしいのですが、首が黒く変色していたというのです。絞殺ではないでしょうか」

「で、何故それが知らされていない」

新右衛門は事の経緯《いきさつ》を具《つぶさ》に話した。

川辺まで来た女は屍を見つけ、洗濯物を放り投げて腰を抜かした。この時、遠目に屍の首が黒くなっているのを見たらしい。

女はすぐさま宿役人の元に走り、小仏宿は騒然となった。多くの野次馬も出て、連れ立って川に向かったらしい。

「しかし戻った時には、屍は無かったのです」

つい四半刻ほど前まではあった屍が忽然《こつぜん》と姿を消していたというのだ。

「場所を間違ったということはあるまいな」

「いえ、その場には女が放り出した洗濯物が散乱していたとのこと。間違いないかと」

初めは女の言を信じて手分けして骸《むくろ》を捜したらしい。川に流されたことも考え、下流のほうまで見た。草の根を分けるようにして捜したが、一向に見つからない。そこで役人を始め宿場の者は、女が白昼夢を見たのではないかと結論付けた。故に関所には報告しなかったというのだ。

「女には聞き込んだか」

瀬兵衛は囁くように尋ねた。

「はい。気がおかしくなったと皆に嗤《わら》われ、今では自身でも幻を見たと思うことにしたとか」

「だが見たのは間違いないのだな」

新右衛門はこくりと頷く。己はその話を信じる。だから今一度話して欲しいと訴えかけ、女も渋々ながら話し始めたということである。

「その屍の特徴は」

「まず男。風体は百姓のよう。横たわっていたのではきとは解りかねるが、身丈は五尺三寸（約一五九センチ）から五尺五寸（約一六五センチ）ほど」

「近隣の百姓で姿の見えない者はいないのか？」

瀬兵衛が衆を見渡すと、近くの村を聞き込んでいた配下たちが、口々に誰もいないと答える。新右衛門はさらに身を乗り出した。

「実はもう一つ特徴が。男の顔には痘痕《あばた》があったそうです」

「痘痕……身丈五尺三寸から五尺五寸。確かにいたな」

瀬兵衛は己の膝を拳で叩いた。その特徴に当て嵌まる者を知っている。

「先日までこの高尾山で何度か見かけた百姓です」

薬園奉行が集めて田畑を耕していた者の中に、そのような四十絡みの男がいたのだ。

「篠崎様、その百姓は宿場の側で何を」

別の配下が怪訝そうに訊いてきた。同輩には馬鹿にされている瀬兵衛だが、下役たちは頼りにしてくれている。己ならば何か答えを導き出せるのではないかという期待を感じた。

「そうさな……」

瀬兵衛は月代《さかやき》をひたひたと叩きつつ言った。

「今一度訊く。近隣の百姓でいなくなった者はいないのだな」

「間違いありません」

そう断言したのは己とほぼ同年輩の下役。薬園奉行に雇われた百姓たちにも訊いてみたが、確かにいたことは知っていても、誰も知己の者はいない。皆他の村の者だと思っていたらしい。

この男はどこから来て、何故殺され、そして屍はどこにいったのか。皆が首を捻っている中、新右衛門が自身の推量を口にした。

「敵方の草がすでに入り込んでいたのではないでしょうか」

潜入して情報を得る者を、戦国の世より「草」という。新右衛門の仮説に、皆はなるほどと感嘆の声を上げる。

「つまり敵方の草を、味方の何者かが見抜き、始末したということか」

「はい。だとすると、薬園方の仕事というより……恐らく御庭番かと」

一応の辻褄は合うかのように思われるが、幾つか腑《ふ》に落ちぬことがある。

「何のために屍を隠すのだ」

「それは……誰にも知られぬため」

「それがおかしいのだ。順を追って考えてみよ」

瀬兵衛は噛んで含めるように、もう一度初めから話し始めた。

まず御庭番が敵の潜ませた草に気付いたとしよう。何故わざわざ高尾山の下、小仏宿近くの川で始末するのだ。山中で仕留めてしまえばよかろう。

「それは……草が上に報告に行く途中だったということも」

「あり得る。だが何故始末した後、すぐに隠さない。そもそも隠す必要などないのだ。身元不明の屍として打ち捨てておけばよい」

新右衛門は確かにと首を捻った。

「篠崎様は何か答えをお持ちで？」

新右衛門が察しているように、瀬兵衛はある結論に達していた。

「反対ではないか」

「つまり……」

「殺されたのが御庭番ということだ」

皆があっと声を上げる。誰一人としてそれは考えていなかったらしい。

「御庭番が他にもいると……」

「薬園、道中、御庭番、それぞれに思惑があり、互いに牽制しあっている。御庭番が百姓に扮して混じっていてもおかしくあるまい」

御庭番からの出向は網谷を含めて四人。表向きにはそうなっているが、そもそもが忍び働きに特化した役目の者たち。敵を欺くにはまず味方からとばかりに、それくらいのことは当然していよう。

「つまり私が考える筋はこうだ」

百姓に扮した御庭番が何者かを追い、もしくは誘い出されて麓《ふもと》の小仏宿にまで行き、そこで返り討ちにされた。その何者かは殺した御庭番を放ってその場を離れ、洗濯に出た女が骸を見た。

「女が来たから、急いで逃げたやもしれんな」

「では屍は何故消えたのです？」

「下手人が戻って隠した。あるいは……他の御庭番が隠した。後者の気がする」

二人以上で距離を空けて尾行する。仮に一人が気付かれても、応援に入ることも出来るし、あるいは助けを呼びに走ることも出来る。瀬兵衛もよく遣った手である。

御庭番の頭である網谷は別行動を促した。すでに何らかの手がかりを摑んでおり、他者と足並みを揃えたくないということだろう。

「とはいえ、全ては推論に過ぎぬ。ただ一つ解っていることは、すでに何者かが近くまで迫っているということだ」

「ならば我ら道中奉行配下で――」

気負って膝を立てる新右衛門を、瀬兵衛は手で制した。

「皆の者、よく聞け」

そこで一度止めて、薄暗い部屋の中、配下の顔を一人ずつゆっくりと見た。

「我らはこれより、何があろうと五人以上で行動する」

「しかし、それでは探索の手が狭まるのでは……」

「それでもだ。命を危険に晒す訳にはいかぬ」

新右衛門は失望の色を浮かべ、瀬兵衛は穏やかに問うた。

「不満か？」

「いえ……」

そうは言うが、新右衛門は明らかに不服に見える。

「お役目には全力で当たる。しかし命を落としては元も子も無い。皆でおれば危険も少なくなる」

「敵はどこから来るか解りません。我らは十名。手分けせねば、とても押さえられません」

「いいのだ、誰が守っても。手柄を競う必要は無い」

薬園奉行配下は交代で将翁をすぐ傍で守る。そして余った手勢で高尾山の麓に網を張ると考えている。では御庭番はどうか。

――これも近くに潜むだろう。

高尾山全てを網羅するとなれば、数百どころか数千の手勢があっても足りない。結局のところ敵の目的は将翁であるのだから、その近辺を守るのが確実なのだ。数の少ない御庭番は将翁の住まう小屋近く、森の中に潜んでその時を待つだろう。

「我らはあくまで薬園の側で待つ」

何かが迫っている。それから配下を守り、無事に家に帰すのもこの場を預かる己の役目である。

「は……」

新右衛門は下唇を噛んで了承した。薬園奉行配下に馬鹿にされ、見返したいのは解る。だがそのように逸っている時こそ危険であることを知っていた。

「お役目を全うするのだ。手柄に拘ることはならん」

瀬兵衛は重ねて、毅然とした態度で皆に申し渡した。

四

打ち合わせた翌日の夕刻、高尾山に呼子の音が響き渡った。高尾山の麓、山道の入口のほうからである。

「半数は残れ。決して離れるではない」

瀬兵衛は五人を選抜して麓へ急行した。

瀬兵衛らが与えられた小屋は、薬園の最も奥にあたる。小屋から飛び出した時には、すでに薬園役は上り口を目指したか姿は無かった。

夕刻にもなると、山は闇をあっと言う間に引き入れる。黒く染まった木々の葉は、空に影が浮き上がったかのように見えた。上り口までの距離は三町ほど。向かう途中にもう二度、呼子の音が聞こえた。山道の幅は大人二人が手を繋いで広がったほどで決して広くはない。場所によっては埋まった石がむき出しになっており、平地ほど全力で駆けることは出来ない。

麓に近づくにつれて道幅も広がり、上り口近くでは十間（約一八メートル）ほどになる。その一番下で検問のように四人の薬園奉行配下が常に見張っている。そこで異変があったらしい。

瀬兵衛らが辿り着いた時には、すでに他の薬園奉行配下が十人以上駆け付けており、その中には彼らを率いる住岡の姿も見えた。

「住岡殿！」

瀬兵衛は小走りで駆け寄りながら声を掛けた。住岡がゆっくりと振り返る。その顔は蒼白で、頬も引き攣っている。

「篠崎殿か……やられた」

住岡が顎で招くような仕草をし、囲みが開いて隠れていたものが顕わとなった。

「これは……」

瀬兵衛は思わず絶句してしまった。今朝、揚々と見張りにむかった四人の薬園方が、骸となって横たわっているのである。

「すでに入りこんだかもしれぬ」

住岡は拳をわななと震わせていた。

「山狩りして敵を――」

「お待ち下され」

住岡が指示を出そうとするのを、瀬兵衛は遮った。

「何故止める」

「山に潜られては、この人数ではとても追えませぬ」

「しかし、それ以外に方法があるか!」

住岡は唾を飛ばしながら声を荒らげた。上役が動揺しているのを見て、他の薬園奉行配下の者たちも酷く狼狽している。

「そもそも山に入っていないのでは……?」

瀬兵衛は眉間を摘んで思案した。若い頃から考え事をする時に付いた癖である。

「馬鹿な。それならば何のために……」

住岡は吐き捨てるように言った。その時、山を悠々と下りて来る者がいた。御庭番を率いる網谷である。

「ほう。手酷くやられましたな」

「悠長な」

住岡はあからさまに不快感を示した。

「応援に来てそのように言われるとは」

網谷は苦く片笑んだ。網谷が応援と言ったには訳がある。呼子の吹き方で大凡《おおよそ》の状況が解るように打ち合わせているのだ。

二度長く吹けば「警戒せよ」の意。三度長く吹けば「応援を望む」ということ。一度長く吹いた後、短く何度も吹けば「全員参集せよ」である。今回は応援を望むということであり、故に瀬兵衛は手勢の半数で駆け付けたのだ。

「下手人は見当たりませんな」

網谷は目の上に手を当て、大袈裟に辺りを見渡した。

「ああ、すでに山に入ったかもしれぬ」

「そうなると、探し出すのはちと厳しい」

網谷の見解も己と同じらしい。

「篠崎殿は、山に入っていないと申されるのだ」

「なるほど。拙者も同じことを考えていました」

瀬兵衛に同調するとは思っていなかったようで、住岡はいよいよ険しい表情になった。

「篠崎殿はどうお考えで？」

網谷は尖った顎をつるりと撫でた。

「これは警護の数を減らそうとしているのではないでしょうか」

瀬兵衛が声低く言うと、網谷はくいと口角を上げて頷いた。

「何度も仕掛けて来るということか……」

住岡は愕然として二人を交互に見た。

「はい。我ら警護に当たる者は六十余名。薬園で働く百姓も含めれば百ほどでしょうか。これを少しずつ……」

「削る」

網谷は引き取って手を刀に見立てて宙に振った。

「どうすればいい……」

住岡は爪を噛んで歩き回っている。

「住岡殿」

「何だ」

「阿部殿を下の薬園の側に移しましょう。全員で守りを固めるのです」

最終的に将翁を狙うならば、これが最も守りやすい方法である。

「駄目だ、駄目だ」

住岡は頭を強く横に振る。瀬兵衛は溜息を零した。そもそもこの任務、不可解なことがある。それを明らかにさせねばならぬ時が来たと見た。

「何故、我らに阿部殿を会わせないのです」

将翁の身辺を守るのは薬園奉行の配下に限られている。ここに来てから瀬兵衛は将翁と一言も言葉を交わしていないのだ。将翁がいないということは有り得ない。遠目だがその姿を瀬兵衛も確認している。ただ、住岡を始め、薬園奉行の配下の者たちは、将翁に誰も近寄らせない。何か秘密が隠されているとしか思えない。

「それは……上の命だ」

住岡はあくまでその一点張りなのだ。

「しかし我らもその上の命でここに来ているのですぞ」

「周囲は我々が固める。これは決まったことだ」

瀬兵衛の脳裏に過《よぎ》ったことがある。

――我らを高尾山に遣わした方と、薬園奉行に命じた方は別ではないか。

と、いうことである。

瀬兵衛は上役の松下善太夫に命じられた。その松下も道中奉行から命じられた。ではその道中奉行に命じたのは誰か。瀬兵衛から見れば遥か雲の上の存在である故、知る由は無い。だが、それが薬園奉行に命じた者と別なのだとすれば、住岡がここまで己たちを邪険にするのも筋が通る。

「阿部殿は何を知っているのです」

住岡は肩をぴくりと動かした。網谷はにやにやと笑っているが、その他の者は一様に怪訝そうにしている。住岡だけが知っている秘事があるということだろう。

「何度も申すように、阿部殿の本草の知識は図抜けている。それが敵に奪われては……」

それは嘘ではないだろう。だがまだ何かを隠していると確信した。瀬兵衛は住岡の耳元に口を近づけて囁いた。

「何故、阿部殿を殺さない」

「ば、馬鹿な……仮にも幕府の役人が――」

「綺麗ごとはよろしい。政《まつりごと》には闇があるものだ。幕府を脅かす者がいるならば、それぐらいやってのけるだろう」

幕府が清廉潔白などと瀬兵衛は思っていない。住岡の言い分が真だとするならば、将軍や幕閣を毒殺し得る知識を持つ将翁を生かしてはいないだろう。それをここまでして匿う訳は一つ。

「今も何かを聞き出しているのだな」

「ぐ……」

表情を読むまでもない。住岡は解りやすく俯いた。

住岡は毎日一度、将翁が住まう小屋に出向いている。警護の確認のためだと思っていたが、時には一刻（約二時間）も帰らぬことがあるのでおかしいと思っていたのだ。

「もうよい。各々、配置に戻られよ」

「住岡殿」

考え直すように促すが、住岡はそれを無視して指示を飛ばす。

「新たな見張りは、榎田《えのきだ》、木塚《きづか》、上岡《かみおか》、広瀬《ひろせ》、お前たちでやれ」

住岡に呼ばれた四人は頷いたが、一瞬顔を曇らせたように見えた。敵がいつ襲ってくるのか分からぬのでは、不安を抱くのも当然だろう。

「聞く耳はお持ちでないようだ」

網谷は苦笑して瀬兵衛の肩をぽんと叩くと、殺された四人の骸に近づいて屈みこんだ。

「おい、何を――」

住岡が止めようとしたが、網谷は首だけで振り返って睨みつける。

「敵の手口くらいは我らも知ってよいはずでは」

眼光の鋭さに住岡も気圧されるように頷く。

「ふむ……二人が喉を掻き切られ、一人が脳天を割られ、一人は絞め殺されている。敵は三人ではないかと思う」

「どうでしょうなあ」

網谷は何か思うところがあるらしく、意味ありげに笑いつつ立ち上がった。

「何か解ったと仰るか」

「独り言ですよ。まあ、真に困った時は笛でお呼び下され」

網谷は顔の横で両手をぱっと開き、戯《おど》けるような仕草をすると歩き始めた。

「では我らも持ち場に戻ります」

瀬兵衛は配下に目配せして引き上げを命じた。住岡は頑として話さぬと見た。何か聞き出すならば網谷のほうだと考えたのだ。

「網谷殿、お待ち下され」

網谷はまるで平地を行くかのようにどんどん山を登っていく。駆けながら瀬兵衛が呼びかけると、網谷は振り返った。

「おお、篠崎殿。あれは厄介な御方ですな」

相好を崩す網谷に対し、瀬兵衛は単刀直入に尋ねた。

「阿部殿は何を知っているのです」

網谷は首を傾げて知らぬという素振りを見せたが、瀬兵衛は喰いついて離さない。

「貴殿が派された訳もそこにあるのでしょう」

網谷は親指で背後を指した。一人で付いて来いという意味である。瀬兵衛は追いかけて来た配下たちに、離れて付いて来るよう命じてから歩き始める。

「阿部将翁は殺されるはずであった」

「やはり……」

瀬兵衛の考えた通りであった。この隠し方はやはり尋常ではない。

「阿部もそれを察したのだろう。幕府に己は重要なことを知っていると告げた。故に殺せないでいる」

「命を守るための嘘では？」

「いいや、そうではない。阿部の経歴をご存知か？」

「幕府の採薬使として、全国を行脚したと」

網谷はこちらを見て頷いてみせた。

「阿部が採薬使となったのは、享保六年のこと。すでにかなり歳を食っている。それまでどこにいたのかは、幕府でも数人の者しか知らぬ」

「それは……」

「清国《しん》だ」

意外な地が出て来たことで、瀬兵衛は思わず声が上擦った。

「なんと、阿部殿は清国人……？」

「いいや、陸奥《むつ》の生まれだ」

「では何故、清国に……」

この国は基本的に他国との交流を断っている。僅かな例外として阿蘭陀《オランダ》、清国、朝鮮などはある。しかし何かの役目を担った者を除き、民が海の向こうへ渡ることは禁止されているのだ。

「陸奥から大坂に向かう船が難破し、清国の船に救われた。これが延宝九年（一六八一年）のことらしい」

今より約七十年、己も網谷も生まれる遥か以前のことである。網谷は足を緩めることなく坦々と語った。

「阿部は清国から帰ろうとしたが、幕府はそれを許さなかったのだ」

これも例は少ないが無いことでは無い。幕府は陰では他国の情報を得ていたが、一庶民が他国について吹聴することをよしとしなかった。民が外の世界に興味を持ち、開国を望む声が上がるのを恐れたためである。

「阿部は帰る手立てとして、幕府が帰国を望む人材になるように努めた」

「それが本草の知識ということですか」

清国は本草学の本場である。将翁はそこで知識を蓄え、幕府が自らを欲して帰国を許すよう仕向けたということらしい。

「だがそれだけではない。本草を極めると、他のことも視《み》えるようになるという」

「他のこと?」

鸚鵡《おうむ》返しに尋ねると、網谷は歩きながら腰を曲げ、一握りの土を摑んだ。

「これさ」

「土……もしや――」

網谷はぱらぱらと指の隙間から土を零して片眉を上げた。

「金、銀、銅、鉄、鉛。あらゆる鉱物を見極められるようになる」

本草学の中において薬草の効能を知るなどはほんの一部に過ぎず、本来は草木の生長や進化を調べる学問といってよい。土の中に含まれている物によって、同じ植物でも生長に変化が見られるらしい。

世間でも知られていることを例に挙げれば、鉄が多く含まれた土地で稲を育てると、葉の部分に褐色の斑点が生じる。優れた本草家はそれぞれの草木に現れた反応を見ることで、その土地にどのような鉱物が含まれているのかを見抜くという。

「阿部は日ノ本中を歩き草木を採取すると同時に、鉱脈を探す任務を密《ひそ》かに負っていたのだ」

享保十二年（一七二七年）、将翁は陸奥の釜石《かまいし》、仙人峠《せんにんとうげ》で磁鉄の鉱脈を見つけた。これも草木の僅かな変化を見て言い当てたのだ。幕府は多くの金山、銀山を直轄していたが、近年その殆どが枯渇しており、新たな山の発見を渇望していた。将翁は鉱脈を見つけるという幕府の密命を帯びて全国津々浦々を歩いたのだ。

「では阿部殿の秘事とは鉱脈のこと」

「幕府に報じていない鉱脈が三つあり、死の間際に話すと嘯《うそぶ》いた。いつかこのような日が来ることを予見していたのだろう。老獪《ろうかい》な男だ」

鉱脈の在《あ》り処《か》は秘中の秘。全てを発見しつくせば、口封じのために消されるかもしれない。将翁はそう考えて「御守り」として、鉱脈の情報を秘していたのだろう。

「しかしそれも嘘ということは……」

「いや、将翁は幕府を信じさせるため、三つの内の一つを明かした。場所は言えぬが……見事、銅が出た」

残る二つは金山と銀山である。それを教えて欲しければ命を全うさせよ。将翁は幕府をそう脅したというのだ。幕閣の中には拷問に掛けて吐かせるべきだと主張する者もいたが、如何《いかん》せん将翁は老軀《ろうく》。責めに耐えられず絶命してしまうことを恐れ、その手段も取れないでいた。幕府は苦肉の策として、隠し薬園のあるこの高尾山に押込めることにしたのである。

「そういうことか……だから若い者を」

瀬兵衛はずっと違和感を持っていた。毒の知識を得るだけならば、最初から知識と経験が豊富な本草家から順に攫えばよいのだ。それなのに「虚」は若い本草家から順に狙っている。それは即ち、

「どこかに連れて行き、鉱脈を探させたいということ……」

「ご名答。篠崎殿は聡い」

瀬兵衛が自説を口にすると、網谷は頬を緩めた。

「しかし何故、それを私などに」

一介の道中同心である己に、御庭番の網谷が秘事を明かすとはどういうことか。

「拙者が見るに敵は一人」

「まことですか――」

網谷は口に人差し指を当てて、歯の隙間から鋭く息を吐いた。瀬兵衛は声を落として尋ねる。

「しかし斬られた者、殴られた者、首を絞められた者がいるのですぞ」

「何か奇妙な得物を使うのだろう。骸の位置から見るに、取り囲んだものの返り討ちに遭っている」

網谷はこめかみを摩《さす》りながら続けた。

「一人ならば仕留めてやる。しかしあれほどの者が複数来れば、拙者でも止められぬ。その時は……阿部を斬って欲しい」

瀬兵衛は唾を呑むだけで、答えに窮した。

「虚は何か途方もないことを考えている」

確かに鉱脈を見つけようとするなど、ただの賊ではあるまい。網谷も時を経るにつれて敵の存在が大きいことに気付き、このように頼んで来たのだろう。

「了承は出来かねます……まずは守ることだけを考えましょう」

網谷は暫し黙っていたが、天を仰ぎ見てぽつんと言った。

「そうさな」

折り重なる木々の緑の天井は、迫りくる闇のせいで灰色に染まりつつある。あと何夜ここを守り通さねばならないのか。瀬兵衛は胸のざわつきを抑えつつ、離れて付いて来る配下たちを顧みた。

五

翌朝、麓の上り口にまた四つの骸が残されていた。見張りの交代に行った者が発見したのだ。今度は四人とも斬られている。一人は呼子を口に咥えたまま絶命していた。吹く間も与えずに命を奪ったということである。

――敵は正気ではない。

瀬兵衛は血が爪先まで引いていくのが解った。一昨日は五人一組で動くことに不満そうだった新右衛門も、顔を蒼白にしている。他の配下も同様で、中には幼子のようにもう帰りたいと弱音を吐く者もいた。

「見張りを薬園の近くまで上げる」

住岡が下した決断はそれである。山の上り口を封鎖するのではなく、薬園から僅か半町（約五五メートル）の地点に逆茂木《さかもぎ》を築き、見張りの数も六人に増員した。

また一日が暮れ、やがて朝が来た。しかし六人の見張りは無事である。

「敵も流石に手を出せなかったようだ」

住岡は得意顔になっており、皆の不安も少し和らいだ。しかしそれはほんの一時のことであった。

「道中奉行配下の方々も無事のようだな」

網谷がふらりと現れた。その表情は厳しい。

「網谷殿……これでは心が持ちませぬ」

「敵の狙いはそこにもあるのだろうな」

「しかし、流石に敵も深くまでは攻め込めなかったということでしょうか……」

「いや、うちの者がやられた」

網谷が言うには三人連れて来たうちの二人に麓の様子を探りに行かせたところ、刻限になっても戻らないというのだ。このようなことは今までに一度もなく、網谷は恐らく二人ともすでにこの世におらず、御庭番は網谷も含めて残り二人しかいないと言った。

――他にもいるだろう。

瀬兵衛は内心で呟いた。

小仏宿で見つかり消えた謎の屍、あれは御庭番の者だと推察している。網谷はこの段に至っても、腹の内を全て見せる気はないらしい。

人の口には戸が立てられぬとはよく言ったもので、薬園奉行配下の一人が百姓に事態を漏らすと、瞬く間に全員に知れ渡った。百姓たちは命あっての物種と、住岡が止めるのも聞かずに昼のうちに逃げ出してしまった。

「これでは薬草が枯れてしまう……」

住岡はこけた頬に手を当てて零した。将翁を守ることも大事だが、この地の薬草の栽培にまで影響が出ることになる。瀬兵衛や網谷は知ったことではないが、住岡はそうも言っておられない。

「給金を倍払う。何とかして集めて来い！」

配下を繰り出して働く百姓を集めに行かせた。

近隣の村ではすでに高尾山の薬園が再三何者かの襲撃を受けていることが知れ渡り、これまでのように人が上手く集まらない。それでもどこにでも欲の皮が突っ張った者がいるのも事実で、一日中駆け回って何とか十二人ばかり集めることが出来た。これまでの三分の一にも満たぬ数だが、この調子で何度か集めれば体裁は整う。

住岡が安堵していたその日の夜半、遂に高尾山に大きな動きがあった。山中に呼子が鳴り響いたのである。

「これは……」

薬園の小屋で眠っていた瀬兵衛は飛び起きた。

「篠崎様、行きましょう」

猪原新右衛門もすでに起き上がり、刀を腰に捻じ込んでいる。

呼子は山の上から聞こえて来る。瀬兵衛は耳を欹《そばだ》てつつ刀を差した。

――長く三度。応援を望む。

阿部の小屋が強襲されたということか。この警戒を抜けていったとなると敵の数は多くなかろう。そもそもそれほどの頭数があれば、人数を削るような真似はしないはず。挟み撃ちにして取り囲んでしまえば、相手がいかな達人といえども潰すことが出来る。

瀬兵衛は予《あらかじ》め用意しておいた松明《たいまつ》を手に外に飛び出た。

今宵《こよい》は三日月。それでも辺りは仄かに明るかった。篝火《かがりび》から松明に火を移したところで、住岡も小屋から飛び出て来た。

「住岡殿！　呼子は山の上から。本丸が急襲されている！」

瀬兵衛の配下はすでに全員が揃っている。それに対して薬園奉行配下はまだ疎《まば》らであった。

「分かった。皆の者、急げ！　置いていくぞ！」

流石に直心影流の達人だけあって、住岡も腹を据えたようだ。その間も呼子の笛は鳴り止まず、甲高い音が山中を駆け抜けている。

瀬兵衛は一刻の猶予もならないと駆け出し、住岡も全員の参集を待たずに後に続く。道中奉行配下から十名、薬園奉行配下から三十余名、併せて四十名以上が長蛇のように山を登っていく。

呼子がまだ鳴っているということは、即ち敵と交戦中ということ。ただ呼子の吹き方が変わっている。長く吹いた後、短く何度も吹く。つまり、

――全員参集せよ。

ということになる。これは危急の時にしか出さない合図。護衛がかなりの苦戦を強いられていることの証左といえよう。

暗闇を分けるように山道を上っていく。

「間を空けよ！　大勢で渡れば橋が危うい」

瀬兵衛は後方へ指示を出す。粗末な吊り橋なのだ。落ちることも考えられるし、そうでなくとも一度に多くが渡ろうとすれば、激しく揺れてかえって手間取る。

急いでいるがこればかりは仕方なく、やや時をかけて渡り終え、再び駆けていく。

「声を上げろ！」

道を右に折れたところで瀬兵衛は叫んだ。この先、間もなく将翁の小屋がある。配下は鬨《とき》の声を上げた。これで援軍が近づいていることを知った敵は、襲撃を諦めて退散するかもしれない。

十間、二十間、三十間、休まず声を上げつつ突き進んだ。そこで瀬兵衛は背に冷たいものを感じて足を緩めた。

「どうしたのですか⁉」

背後から新右衛門が叫ぶ。遂に瀬兵衛は足を止めた。最後尾は何が起こったかも解らず、

「早く行け」

「何をしている！」

などと、怒声を上げている。

「どういうことだ……」

瀬兵衛は松明を翳して四囲を見回した。呼子はこの先で確かに鳴っている。しかし奇妙なことに、ある時を境に、音との距離が一向に縮まらない。それより決定的にお

かしいことがある。住岡が身を捩じるようにして前の者を押しのけて側に来た。

「何があったのだ⁉」

「住岡殿……」

己の顔は闇の中でも解るほど白いに違いない。住岡は幽鬼を見たかのように顔を凍り付かせた。

「こんなにも道が長かったでしょうか……」

住岡はあっと声を上げた。もうとっくに将翁の小屋が見えてきてもいいはずなのだ。道は小屋の前で行き止まりになっている。何よりあれほどの建物を見落とすはずはない。

「道を誤ったのでは」

すぐ後ろに張り付いていた新右衛門も話しかけてきた。

「そんなはずはない。山頂まで右に折れる道は一本しかないのだぞ」

「ではこの道は何なのだ！」

住岡は悲鳴を上げるように叫んだ。瀬兵衛は喉を大きく動かした。道はまだまだ続いており、先が見えない。得体の知れぬ大きな化物が口を開けて待ち構えているような錯覚を覚えた。今も鳴り止まぬ呼子の音が不気味さをより一層際立たせている。

「新右衛門！」

「はっ！　皆の者、戻るぞ」

瀬兵衛は列を縫うようにして逆走し、新右衛門も後ろの者たちを押しのけて最後尾に走る。本道に戻れば何かが解るかもしれない。瀬兵衛はその一心で今来た道を戻った。

「前の半数はこのまま進め。後ろ半数は俺と戻るぞ！」

住岡も戸惑いを見せつつ配下に命じた。

――何が起きている⁉

頭の中が混乱している。不可思議な世界に迷い込んだような気になってくる。

瀬兵衛は真っ先に山頂に続く本道に飛び出したが、何の異変も無い。

「やはり、ここで間違いないのでは」

若い新右衛門は息を乱しておらず周囲を確かめている。

「ああ。だが何か……ほんの僅かだがおかしい」

そうは言うものの、それが何かは瀬兵衛も解らない。部屋の中の物が何か一つだけ位置を変えたような、そんな些細な違和感がある。住岡を先頭に薬園奉行の配下が続々と引き返して来る。

その時である。山の下から松明と思《おぼ》しき灯りが、小刻みに揺れながら近づいて来る。狐に抓《つま》まれたような心地であったから、まさしく狐火の如く見えた。

「備えよ」

瀬兵衛が地を這うように低く命じると、新右衛門が柄に手を掛ける。

「抜刀！」

住岡は早くも命じ、薬園奉行配下は迷わず刀を抜き放つ。この隘路《あいろ》では多勢の利を生かしにくい。前面に二人出るのが精一杯である。

「す、住岡様！」

現れたのは将翁に付いていた者たちであった。数は四人。内三人が龕灯《がんどう》と呼ばれる照明具を手に持っている。

「お主ら何故ここに――」

「参集の呼子が鳴れば、半分を残して駆け付ける決まりでは……」

「お主らが吹いたのではないのか⁉」

住岡は目を剝いて詰め寄った。

「下から来るとは何が起こっている……」

将翁の警護に付いていたこの者らは下から登って来た。瀬兵衛の思考が高速で巡る。

これまでの場面が脳裏を過ぎていき、組木のように合わさって、ある一つの仮説が浮かび上がった。

「そういうことか……やられた」

何者かの仕掛けた策に完全に嵌《はま》っていると悟ったのである。そして己の考えが正しいならば、敵は高尾山から離れつつある。どんどん遠ざかる呼子の笛が、その者たちの嘲笑のように聞こえて瀬兵衛は奥歯を強く鳴らした。

第四章　修羅の集う山

一

木々には新芽が育ち始めている。すうと道に掛かるように伸びた枝に停まっていた雲雀《ひばり》は、人が近づく気配を感じ取って小さく囀《さえず》りながら飛び立つ。勤めの最中であることを、忘れてしまいそうなほど麗《うら》らかな陽気の中、平九郎《へいくろう》は雇った百姓たちを引き連れ、西へと進んだ。怪しまれぬように赤也《あかや》、七瀬《ななせ》とは別行動を取っている。

高尾山を横目に見て通り過ぎ、難所である小仏峠を越えればもうそこは相模《さがみ》の国。平九郎らが宿を取ったのは、日本橋から数えて九つ目の甲州街道の宿場町、小原宿であった。

「お待ちしておりました」

ここで先に着いた赤也が何食わぬ顔で合流する。

七瀬は小原宿に一人で逗留することになっている。何か大きな動きがあれば報せる見張り役の意味もあるが、薬園奉行の配下を装っているのだから女がいてはおかしい。当然ながら薬園奉行の命《めい》を受けたという証書は偽造している。宿役人にそれを見せて、大人数であることの説明をした。この小原宿の近辺でも薬園方が何度か百姓を集めているらしく、これを疑う者はいない。

ここからまた赤也、百姓たちと東へと引き返す。ただし小仏峠の南、千木良《ちぎら》と謂う地を目指すのである。さらにそこから東に進むと大垂水峠《おおたるみとうげ》という険しい道に差し掛かる。そこを上っていき北へと逸《そ》れれば丁度高尾山の真裏に出ることが出来るのだ。

平九郎らが集めた百姓らには、ここに新たな隠し薬園を作ると話してある。

「ここで育てる薬草の中には、使い方を誤れば毒となるものもある。他言は無用だ」

平九郎は百姓たちに釘を刺した。だが人の口には戸が立てられない。仕事が終われば漏らす者もいることなど承知の上である。

「後々のことを考えてね」

百姓たちにそう説明しておけばいいと言ったのは七瀬であった。この勤めが終わった後、集められた百姓にも探索の手が伸び、事情を訊かれることになるだろう。百姓たちは口を揃えて毒という強烈な語彙を使う。そうなれば探索を攪乱《かくらん》することが出来る。

こうして一行は大垂水峠から、高尾山の裏へと入った。

「こっちは誰もいないから心配ない」

赤也は得意顔で鼻の下を擦った。この道すじこそ赤也が何度も高尾山に潜入したものである。

高尾山を裏から登り、途中で道を逸れる。天から見れば頂きを中心に旋回するように進むのである。

「皆の者、ここが新しい薬園を切り開くところだ。まずはそこまでの道を作る。改めて申すがこれは『隠し薬園』である。同じ薬園奉行配下でも下の者には知らされておらぬ故、静かにことを進めねばならぬ」

百姓たちに私語を慎むように、そして励んだ者には追加で俸給を出すことも付け加えた。こうして百姓たちを使って、鉈《なた》で草を刈り、伸びた枝を払って新たに道を開いていく。落とした枝葉も念入りに拾って一所に集める。何度も往復することで自然と地も踏み固められていく。

野宿をしなければならないこと。火も使えぬので三日の間は糒《ほしいい》や干し肉で過ごさねばならぬこと。これらは予め承服させてあった。

こうして高尾山に新たな山道を拵《こしら》えさせた。

「ご苦労であった。これで道は出来た。薬園の地固めは夏を予定しておる故、また声を掛ける。次は四両ほどになるぞ」

平九郎は百姓たちに一人ずつ金を渡して解放した。その時に口外していれば再度の雇いは無いと改めて釘を刺した。これでいずれは漏れるにしても、時を稼ぐぐらいは出来るだろう。

道造りが終わる前日、赤也が小原宿に逗留していた七瀬を迎えに行く。そして百姓を全て去らせた後、ようやく三人が合流した。

「気付かれてねえかな……」

普段は大口ばかり叩いている赤也だが存外臆病なところもある。恐る恐る呟いた。

「この山がどれだけ大きいか、あんたがよく知っているでしょ。それにこの辺りはだいたい北風。私たちはずっと風上にいたことになる」

このような伸るか反《そ》るかという時には、得てして女のほうが腹を括るものである。

それに普段から七瀬は、

「綿密かつ大胆。兵法にはこれが肝要」

と、まるで己が孫子《そんし》になったかのような口ぶりで言っている。

「でも同じ山にいるなんて気が気じゃあねえぜ」

赤也は顔を強張らせながら、首からぶら下げて懐の中に入れていた呼子を取った。七瀬の策にはこれが必要で、江戸を発つ前に買い求めてきたものである。

「上手く引き付けてよね。途中で逃げ出したらご破算なんだから」

「解っているって」

七瀬の小言にようやく赤也も顔を引き締めた。

「平さん、出来た？」

「ああ」

赤也が一度小原宿に戻っている間に作ったものがある。道造りの過程で出た葉の付いた枝を縄で束ねて、大きな玉のようなものを作る。謂わば持ち運べる「茂み」のようなもの。これを三つ作っておいた。

「流石、平さん。手先が器用だ」

赤也はそれを持ち上げてまじまじと見た。

「道は九割まで出来た。あとは繋げるだけね」

そもそも道というものは、何処かと何処かを結ぶために作られる。だが今回、平九郎らが作った道の先は何もない行き止まりであった。その行き止まりから道を延ばし、高尾山の頂に続く本道まで繋ぐのだ。しかし繋いでしまえば気付く者も現れる。七瀬の言うように百姓には九割まで作らせておき、決行の直前に繋げるという段取りである。

「よし、今夜仕掛けるぞ」

平九郎が低く言うと、二人とも不敵に微笑んで頷いた。

その日の夜更け、高尾山に呼子の音が響き渡った。平九郎らが完成させた「新道」の先で赤也が吹いたのだ。

——呼子の吹き方によって伝わる意味が違う。

呼子について詳しく訊いた七瀬に、赤也が説明したのは以下の通り。

二度長く吹けば警戒を促す。それが三度になれば応援を望むという意味。この場合は薬園の小屋で待機するほぼ全てが駆け付けることになっている。

しかしながらこれでも将翁《しょうおう》に張り付いた警護だけは一切動かない。これさえも動かそうとするならば、一度長く吹いた後、短く何度も乱れ吹く必要がある。これには全員参集せよという緊急の意があり、将翁の警護の者も半数を割くことになっている。

猟師に扮した赤也は朝夕の暖を取る為と称して、酒を入れた竹筒を持ち歩いていた。

酒好きの薬園奉行配下を籠絡して、得意げに話すのを大袈裟な相槌を打って聞き出した。この手の諜報に関しては赤也ほど巧みな者を平九郎は知らない。

只今、赤也が吹いた合図は、

――応援を望む。

である。つまり薬園の小屋で眠っている者たちが、将翁の小屋を目指すことになる。将翁の小屋を守る者たちは、どこかに敵が現れたと思い警戒はするものの動かない。

複数の跫音《あしおと》が下から近づいて来る。松明の灯りが風で揺れる葉を茫と照らしているのも解った。

人の気配は間近。その息遣いさえも耳朶に届いた。中には急げ急げと連呼する者もいる。

「行ったようだ」

息を殺して身を伏せていた平九郎は、小声で七瀬に囁いた。二人が俯《うつぶ》していた場所、それは将翁の小屋へと続く道の入口である。枝葉で作った偽の茂みを蓋のようにして道を隠し、そのすぐ後ろで腹這いになっていたという訳だ。

平九郎は立ち上がると、今度は偽の茂みをさっと脇に放り投げ、消えていた道を蘇らせた。下の薬園から駆け付けた応援は茂みに塞がれた真の道を行き過ぎ、この少し先にある平九郎らが作った偽の道に誘い込まれていくことになるだろう。

呼子の吹き方が変わった。初めは長く、そして慌ただしく小刻みに呼子の音が響き渡った。

——全員参集せよ、の合図。

平九郎と七瀬は顔を見合わせて頷くと、道から斜面に下りて家守のように這《は》い蹲《つくば》った。再び駆ける跫音が近づく。今度は先ほどとは反対側、将翁の小屋の方からである。跫音の数も少ない。

複数の灯りが揺れているのが見えた。こちらは目明しなどがよく使う龕灯を持っている。土に右頬を付けて七瀬がじっとこちらを見ており、平九郎は頃合いを見て小さく頷いた。

「全く……何で私が汚れなきゃならないの」

立ち上がった七瀬は文句を呟きながら頬に付いた土を払った。

「あいつは馬に乗れないからな」

山を下りて暫く行ったところに馬を二頭繋いである。将翁の歳や体調を鑑みれば、とても走らせる訳には行かない。下男の弁助《べんすけ》と、二人を乗せて逃げるつもりである。

自然、馬を操る者が二人いることになるが、町人の赤也は馬術のほうはからっきしである。

「博打《ばくち》ばっかりしてないで稽古すればいいのに」

「お前ほど上手くはなれないさ」

平九郎は道に戻りながら言った。七瀬は女だてらに馬に乗れる。乗れるどころかその腕前は一流で、平九郎よりも長《た》けているだろう。模倣は平九郎の特技だが、馬術のように「相手」のいるようなものはその限りではない。

「四、五人いたわね」

「ああ、お前の言った通り警護が厳重になっているようだ」

赤也が呼子の吹き方を変えたのも事前の打ち合わせ通り。警護の数を減らすためである。だが先に動かしては道が塞がれていることに気付かれてしまう。故に最初は「応援を望む」で薬園に待機する者たちを呼び寄せ、彼らが真の道を通り過ぎた頃合いで、「全員参集」の合図を出す。

「ここからは時を掛けず一気に行く。離れて付いて来い」

平九郎は道の奥深くへ駆け出した。ずっと潜んでいる間に闇に眼が慣れている。僅かな月明かりでも十分過ぎるほどに見えている。

平九郎は広場に辿り着いたところで足を止めた。警護の者たちは小屋の外に出て周囲を警戒している。数は四人。呼子は、全員を叩き起こして、小屋の外に引きずり出すという効果もあった。

振り返ると七瀬はまだ追いついていない。

──やるか。

平九郎は呼吸を整えた。

裏稼業であるくらまし屋にとっての「表」とは、誰にも気づかれずに晦《くら》ませる詐術。反対に「裏」と呼ぶのは世で謂うところの正攻法。即ち襲撃による強奪である。

今回の勤めは「表」だけでは最後の一歩が届かず、「裏」では大量の敵を相手にせねばならない。表裏を合わせた手法が必要だと七瀬は言っていた。ここからは単純に平九郎の腕に掛かっている。

「大変だ！　薬園がやられてる」

平九郎は広場に駆け込みながら喚いた。警護の者らは色めき立ち、その中の一人が問い返した。

「何!?　敵は多いのか？」

「ああ、数は二十を超えている。今、必死に戦っているが押されている！」

「ここまで来るか……気を引き締めねばならんぞ」

振り返って言うと、残りの三人が頷いた。初めに問うた者の首に呼子が掛かっていることを平九郎は見逃していない。この者が警護の組頭である。

「阿部《あべ》殿はどうだ」

「ああ、今眠っておられるが、起こしたほうが……」

組頭は言葉をそこで止め、眉間に皺を寄せてこちらを覗き込んだ。

「お主……誰だ？」

「誰だろうな」

呟きと同時、平九郎の鞘から刀が抜き放たれる。あっと声を上げた時には、組頭は仰向けに倒れて口から泡を吹いていた。居合い抜きではない。それでは息の根を止めてしまう。

——吉岡建法《よしおかけんぼう》、翡翠《ひすい》。

戦国の世に京で流行った吉岡建法、或いは吉岡流などと言われる流派の技である。居合のように抜刀するが手首を返さずに鐺《こじり》で鳩尾《みぞおち》を打ち抜く。殺すには向かないが、居合よりも一動作少ないため速さはその上をいく。

「貴様！　敵の——」

平九郎は身を屈めて突き進むと、抜いた刀の峰を返して男の脇を打ち抜いた。ここに限らず急所を打たれれば人の呼吸は止まる。その間に二人の護衛は刀を抜いている。構えから察するに心得が無い訳ではない。むしろ相当の修行を積んだ剣客だということが解る。

一人が頭上高くから刀を振り下ろす。平九郎は体《たい》を開いて躱すと、腕を取って足払いを掛け、そのままつんのめって倒れる男の首の後ろを、左手に持ち替えた刀の峰で強《したた》かに打った。

その直後、闇の中から白点が向かってくる。突きである。

——駒川改心流《こまがわかいしん》、霞刀《かすみがたな》。

脇差を抜き放って突きを逸らす。それだけでなく搦《から》め捕って宙を舞わせた。愕然《がくぜん》とする男の下腹に、刀を握ったままの鉄拳を撃ち込む。男が白目を剝くのが見え、そのまま膝から頽《くずお》れた。

「悪いな。許せ」

脇を打たれて悶絶している男の首も峰で打つ。意識が飛んで頭から地に倒れ込んだ。

そろそろ追いついているだろうと思い、平九郎は脇差を月光に翳して手招きするように動かした。案の定、ひょいと七瀬が姿を現し、小走りでこちらに向かって来た。転がっている男たちの近くまで来ると、怖々とした様子で足を緩める。

「心配ない。四半刻は目を覚まさぬ」

「その話し方」

「ああ、そうだな」

江戸に出てきてから共に過ごしたのが町人ばかりだからか、平九郎はすっかり町人言葉が板に付いている。しかし武士の血がそうさせるのか、刀を抜くとつい武家言葉に立ち戻ってしまう。

「それにしても、相変わらず強い。化物染みているわね」

「一言余計だ。行くぞ」

小屋の戸に手を掛ける。外で斬り合っている時に出て来ないのだから、十中八九、もう見張りはいないだろう。それでも万が一を考えて少し開けて中の様子を窺う。平九郎は胸を撫で下ろした。以前に将翁の屋敷で見覚えた下男の弁助が、行燈に火を入れたところだったのだ。

「あ……」

「迎えに来た。もう見張りいないな。将翁は……」

「来てくれたか」

小屋とはいえ土間があり、畳の敷かれた座敷がある。その上の夜具から将翁が身を起こそうとした。すかさず弁助が寄って背に手を当てて介添えする。

四カ月前に江戸で会った時よりも、随分と痩せ細ったように見える。薄暗い中でも判るほど血色が悪い。ただその目だけは爛々《らんらん》としている。衰えた躰を強い意志が支えているといった様子である。

「約束だからな。時が無い。すぐに発つ」

「分かった」

将翁が立ち上がろうとするのを弁助がまた助ける。

「弁助、将翁は俺が担ぐ。躰が冷えぬように何か掛けてこれで縛れ」

平九郎は帯に括りつけてきた細い縄を渡した。

「はい。解りました」

平九郎が将翁をおぶり、その上から弁助が着物を被せる。そして着物、将翁、平九郎を纏めて縄で括らせた。これで少々の揺れでも落ちはしない。さらに余った縄の端を弁助に握っているように命じた。

「俺たちは闇に慣れたが、お前は暫く掛かろう。縄を離すな」

「はい。そこまで……」

このような細部まで想定する。これが七瀬の策の凄みである。平九郎は背中の将翁に囁きかけた。

「将翁、苦しくなったら言え」

「裏稼業の者なのに、案外、優しいのだな」

「死なれたら悔ませられぬ」

「ふふ……頼む」

そのような会話をしながら平九郎は小屋の外に出た。外で待っていた七瀬が声を掛ける。

「お爺様、こんばんは。荒っぽい仕儀になりましたが、暫し耐えて下さいね」

「これは。くらまし屋には、こんな可愛らしいお嬢さんもおられるとは」

「お上手なこと。しっかり摑まって下さい」

「行くぞ」

将翁を背負って平九郎は走り出す。いくら痩せているとはいえ大人一人を担いで全速力とはいかない。それに足場が悪いのだ。将翁のことも考えて出来る限り揺らさずに走ることを心掛けた。それでも弁助は、

「速い――」

と、吃驚《びっくり》していた。七瀬の全速力と同じくらいの速さは維持出来る。脇道を一気に

駆け抜け、頂きへ続く本道の前で一度足を緩めて警戒する。まだ赤也は呼子を吹き続けているが、詐術に嵌ったと気付く者がいてもおかしくはない。特に、

——あの篠崎瀬兵衛《しのざきせへえ》。

平九郎の脳裏にまたあの道中同心の顔が過《よぎ》った。人は出逢ったその瞬間に合う合わぬが解る時がある。それと同じように己にとって厄介な相手、大仰に言えば天敵だと感じる時もあった。危ない橋を渡っているほど、その勘働きは冴える。平九郎が瀬兵衛のことをそのように感じたのは、あの「炙り屋」万木迅十郎《ゆるぎじんじゅうろう》以来のことであった。

「間に合ったようだ」

山の上で大勢の気配がする。松明や龕灯《がんどう》の明かりから、だいたいの位置が摑めた。まだこちらに引き返してくる様子はない。

「一気に下るぞ」

平九郎は再び足を回す。足場にさえ気を配れば、下りということもあってさらに加速する。山裾に近づくにつれて道幅も広がり、七瀬が横を走るようになった。

「お躰に障りはありませんか？」

七瀬は息を切らしながら問いかけた。

「ありがとう。乗り心地は悪くない」

まるで良馬に巡り合えたとでも言わんばかりである。将翁の声には笑みが含まれており、体調が優れぬということはないらしい。

「お嬢さんは武家の出だな」

将翁がぽつんと言った。

「どうでしょう」

七瀬は惚けながら木の根を飛び越えた。

「年の功だ。草木と同じ。人も根を見れば素性が判る。言葉の端々に武家の気品が備わっている故な」

「武家の女がこんなに走れますか？」

七瀬はくすりと笑って、さらに足を速めた。

「お転婆姫だったのだろう」

七瀬は否定するが、将翁はあくまで自分の見立てを信じているようである。そしてそれが間違っていないことを平九郎は知っている。

「待て」

平九郎は低く言って足を止めた。間もなく山を出られるというところで、行く手に複数の人影が見えたのである。七瀬と弁助に、近くの茂みに身を隠すよう目で合図を送る。平九郎自身も将翁を背負ったまま茂みの中に飛び込んだ。

「まずい……上り口まで守ってやがる」

見た限り数は四つ。赤也の報告には無かった。そして呼子の全員参集の合図にも応じない。恐らく、赤也が偵察をしてから、今までの間に何かが起こり、決まりが変わったのだ。

「大丈夫なのですか……？」

弁助の声はすでに震えている。

「問題ない。七瀬、将翁を一度降ろ――」

「待って。あれ」

言いかけた時、七瀬が肩に触れた。上り口を守っていた影に動きがある。それどころか、

「何者だ」

「ここは立ち入ることはならん」

などと、問答まで始まっているのだ。背には将翁がいる。平九郎は顔が地につきそうなほど身を低く屈めて呟いた。

「どういうことだ……」

「呼子は厄介な者も呼び寄せたみたい」

七瀬は耳に口を寄せて言った。なるほど、将翁を狙っていた者たちか。自分たちが仕掛けていないのに呼子が鳴り、山の混乱が見て取れた。将翁を奪おうとする他の存在に気付き、慌てて乱入を決めたのか。あるいは単にこれを好機と見たのかもしれない。ともかくこのような夜半、山に侵入を試みる者は他に考えられない。

「去《い》ね。時が惜しい。邪魔をせねば生かしてやる」

見張りと対峙する者の声。錆鉄《さびてつ》を引っ掻いたような、低く、震えのある特徴的な声だ。

「我らの仲間を殺したのは貴様だな！」

――そういうことか。

今のやり取りで分かったことがある。あの者はこれまで何度か山に攻撃を仕掛けている。故に山の上り口にも見張りを配するようになったのだ。一斉に刀を抜く音が聞こえた。

「声を立てるな」

平九郎が命じると、背中で将翁が頷くのが分かった。七瀬は右手で自分の、左手で震える弁助の口を塞いだ。

微かな金属音と、異様に大きな風切り音。

するとと絶叫がこだました。恐らく見張りが斬られた。今度はがちんと刀と刀が触れ合うような音がしたかと思うと、二人目、三人目、四人目と断末魔の声が続く。

「邪魔な蠅《はえ》だ」

吐き捨てる声、明らかに襲撃者のものであった。

――一人か……。

こちらに近づいて来る跫音は一つ。それに重なってやはり微かに金属の音がした。平九郎は慌てて縄を解いた。万が一、隠れていることが露見すれば戦わねばならない。

「そこに……誰かいるな」

七瀬は自分の口から手を離し、両手で弁助の口を押さえた。びくんと弁助が肩を動かしたのだ。場慣れしている平九郎や七瀬と違い、心の臓が飛び出るような心地に違いない。縄を解かれて横に座った将翁はというと、これも年の功か、それとも死期が近くなった悟りか、瞑目して一切の動きを止めている。

――やるか。

平九郎はゆっくりと刀の柄に手を添えた。

「賢明で何より」

男はそう言うと、くくと不気味に笑った。足を止めはしない。先ほどの言動から察するに一刻も早く進みたいのだろう。恐らく目標は将翁。かなり鋭敏な感覚を持っているようだが、その将翁がすでに麓近くまで逃れてきているとは、流石に分かるはずも無い。

男が遠のいていくのをじっと息を殺して待った。やがて例の金属音がしなくなった時、平九郎はようやく息を吐いた。弁助の額には夥《おびただ》しい脂汗が浮かんでいる。

「助かった……あいつ何者なの」

七瀬も安堵の溜息をつく。

「解らん。気配に勘付くとは相当な手練れだ。しかも一人で来るとは。得物は何だ……」

戦っていた時の強烈な風切り音。歩くと鳴る金属音。これらから察するに変わった得物を携帯しているのは間違いない。

「虚……薬園奉行の配下の者がそう話しているのを聞いた」

今まで我慢していたのだろう。将翁はそこで小さく咳《しわぶき》を発し、掠《かす》れた声で続けた。

「儂を狙っている者たちだ。これまでの本草家の失踪も奴らの仕業らしい。江戸のこれまでの神隠しにも関わりがあるとか……」

「何だと……他には」

「見張りの者たちも詳しくは聞かされていないようだった。ともかく物騒な者たちだから気を付けろと言われたのだろう」

「そうか。乗れ」

平九郎は今一度将翁を背負った。そろりと茂みから出て、山の手を窺った。闇が深くもう随分行ったであろう男の姿は見えない。

山から離れると、馬を繋いである場所は目と鼻の先である。辿り着いた平九郎は七瀬に向けて言った。

「先に行けるか」

「平さん……」

「俺は戻る」

「気になるの？」

「神隠しと聞けばな」

昨今の江戸では、度々神隠しが起きる。このうち平九郎らが晦ました者たちもおり、それが噂になっているのである。そのような平九郎たち「くらまし屋」だからこそ解ることもある。

――俺たち以外にも晦ましている奴がいる。

と、いうことである。十の失踪があるとすれば、そのうち七か八は自ら姿を消した者だろう。平九郎らが晦ましたのは一ほどに違いない。だが残りの一か二、明らかに誰かの手によって消されていると感じていた。

その最たるは子どもである。自ら逃げようとしても、多くの銭も持たず一人ではそう遠くにも行けない。すぐに見つかって連れ戻されるのが関の山である。現にお春《はる》はそうして捕まった。

それなのに一月《ひとつき》に一人は子どもが消えている。屍が出る訳でもない。まさしく神隠しのように忽然と姿を消しているのだ。

「弁助さんはどうするの……」

七瀬の言う通りである。馬を操れるのは平九郎と七瀬の二人。将翁を連れ出せば、おのずと弁助は残らざるを得なくなる。平九郎が思案していると、将翁が口を開いた。

「弁助、残ってくれるか」

弁助は口をきゅと結んで頷いた。

「よいのか?」

「何か思うところがあるのだろう?」

将翁は真っ白な眉を片方上げた。

「それはそうだが……」

「お主には感謝している」

「感謝するのは、陸奥《むつ》についてからだ」

「思い残せば、後々に苦しむようになる。儂のようにな」

将翁は乾いた頬を撫ぜながら言葉を継いだ。

「老いては遅いのだ。行け」

歳を経た者の経験から出ている将翁の声には、抗《あらが》いがたい威厳のようなものを感じた。

「ありがたい」

平九郎は会釈をすると、心配そうに見つめる七瀬の肩に手を置いた。

「将翁を連れて江戸を目指せ。あと四日しかない」

心通じた商人がおり、江戸から陸奥に向かう船に渡りを付けてある。仙台で荷を下ろした後、盛岡藩閉伊通豊間根村《へいどおりとよまね》に向かうことも了承を得ていた。

「気を付けて」

「心配するな」

平九郎は短く言うと、高尾山の方角を振り返った。

夜天《やてん》には無数の星が輝いており、山の稜線が茫と浮き上がっている。中腹には松明の灯りが動いているのも見えた。その動きに落ち着きがない。すでに修羅場となっているのかもしれない。そのようなことを考えながら、平九郎は来た道を全力で取って返す。

二

「どういうことだ⁉」

住岡《すみおか》の悲鳴のような叫びが森にこだまし、野鳥が慌ただしく飛び立っていった。

「我らは阿部殿の小屋に続く道を見過ごし、山をさらに上に登っていたのです。そしてこの贋物の道に誘い込まれた」

瀬兵衛は早口で解説しながら、今戻って来たばかりの道を指差した。僅かな違和感はこの辺りの森の雰囲気である。微妙に木々の生い茂り方が異なるのだ。これを仕掛けた者も酷似した箇所に道を作ったと思われる。

「馬鹿な……ここまでに道など無かったぞ！」

「恐らく木々を縄で束ねたものを用意し、それで道を塞いだのでしょう。昼間ならばともかく、夜ならば見過ごしてしまう」

「そのようなものはあったのか⁉」

住岡は将翁の元から駆けて来た、四人の配下に向けて問い質した。

「いえ……左様なものは」

誰もがそれらしきものはなかったと証言する。

「まず真の入口の側に潜む。偽の道の先を行く仲間が呼子を吹く。集団が通り過ぎるのを見届けて真の道を開く。阿部殿の護衛の半数が飛び出す。下手人は真の道へ……こういう流れです」

「よし。急ぎ阿部殿の元へ行く。まだ四人の護衛がいるのだ。間に合う！」

——無駄だろう。

瀬兵衛はそう考えていた。下手人は何のためにこのようなことをしたのか。一つは六十人もの相手をするのは流石に無理と判断し、護衛の数をできるかぎり減らすため。四人ほどの護衛ならば突破する自信があるのではないか。

そしてもう一つ。こちらのほうが重要なのだろう。

——将翁は山越えが出来る躰ではない。

と、いうことであった。この見事な詐術において一点、腑に落ちないことがあった。

何故、偽の道を真の道よりも上に作ったかということである。下に作ったほうが一旦集団をやり過ごさなくていい分、成功に導きやすいはず。だが、それでは下に薬園方や道中役が集まることになり、上に逃げて山を越えねばならない。それは老いてさらに病の身である将翁には厳しいと見て、殆どの護衛を上に集めておいて、堂々と山を下りるという算段に違いない。平地に逃れれば馬を使うことも出来る。もはや手遅れではないか。

とはいえ将翁の小屋を確かめる以外、今できることは無い。瀬兵衛は無用な反論をせず、住岡らと共に山を駆け降りた。

「当たったか」

瀬兵衛は顔を顰めつつ道を折れた。やはり真の道は半町ほど先にあった。先ほどのように焦っていれば気付かないほどの誤差。敵はその妙を心得ている。

暫く行くと小屋が見えて来た。その周りに人が倒れているのが見えた。

「くそ……何もかもが思った通りだ」

瀬兵衛は血が出るほど下唇を嚙みしめた。四人の護衛が斬られており、血溜りの中に沈んでいたのである。中には首と胴が分かれた屍まである。小屋の戸は開け放たれており、中はもぬけの殻となっている。

「そんな……」

住岡は魂が抜けたように茫然としていた。他の者もその凄惨な光景に口を押さえる者、顔を背ける者が続出している。皆が途方に暮れる中、瀬兵衛だけが真っ先に屍を一体一体検分していた。

――何かがおかしい。

すぐに引っ掛かったことがある。これほど大掛かりな詐術を用いる者の像と、これほどまでに容赦無く人を殺める者の像が一致しないのだ。四つめの屍を確かめようとすると、何と僅かに息があるではないか。

「生きているぞ！　猪新《いのしん》！」

新右衛門《しんえもん》が駆け寄り、二人掛かりで躰を仰向けにした。

「これは酷い……」

胸や腹を何度も突かれており、生きているのが不思議なほどであった。手の施しようがなく、間もなく息を引き取ることになるだろう。下手人も絶命したと思ったか、現に一度は動きを止めて、今息を吹き返したのかもしれない。せめて、と手を握る瀬兵衛の脇から、住岡が吼《ほ》えるように言った。

「誰にやられた！」

「話すのも苦しいはず。もう……」

瀬兵衛が止めようとするが、住岡は何度も重ねて問う。護衛の男は血糊がべっとりと付いた唇を震わせる。

「あ……み……」

男は絞るように一言だけ発し、泉の如く口から血を吐いて絶命した。それだけでは解らぬと住岡は躰を揺する。瀬兵衛はその手を無言で払いのけた。

「何をする！　何とか続きを――」

「奴はどこだ」

瀬兵衛は陽炎《かげろう》が生じるように、ゆらりと立ち上がった。

「誰のことだ」

住岡が歯を食い縛りながら見上げる。

「網谷《あみや》は何をしているのだ！」

「まさか……」

この騒動の中、網谷と一人残る配下の御庭番を一度も見ていないのだ。

「敵に内通しているのやもしれませぬ。至急早馬を走らせ――」

「それはご勘弁を」

声が聞こえて皆が一斉に振り返る。小屋の向こうの茂みの中から、すっくと網谷が立ち上がった。そのすぐ背後には配下も寄り添うように立っている。

「貴様！　この者らを襲ったのか！　敵の回し者か！」

住岡は矢継ぎ早に怒号を発した。

「それは誤解というもの。敵ではありませぬ」

網谷は鷹揚《おうよう》に応じながら茂みから足を踏み出した。瀬兵衛の横で、新右衛門は腰の刀に手を掛ける。抜き身を引っ提げた薬園奉行の配下たちも身構えた。

網谷はこれが証左というように諸手を上げ、ゆるりとした調子で続けた。

「確かに拙者はここに駆け付けた。だがすでにこの者たちは転がっていた」

「痴《し》れごとを……」

住岡は憤怒の形相で睨みつけ、自身も逆八双に構えた。

「嘘は申しておりませんぞ」

網谷は困り顔で手を上げたまま首を捻った。

「住岡殿、嘘は言っていない」

瀬兵衛は網谷から目を逸らさずに言った。

「貴様までこの男の味方をするか」

「いえ、網谷は転がっていたと申した。その通りだったと推察します。彼らの躰には一様に青い痣があります」

「ということは……」

住岡は額から流れる汗もそのままにこちらを見た。

「先に何者かが護衛を襲ったのです」

気絶させる。或《ある》いは悶絶させて動きを封じた。その上で将翁と下男を攫った。そこに網谷が駆け付けたという流れに違いない。

「だが殺したのは貴様だ。首を落としたのはその為であろう」

首の無い屍には鳩尾《みぞおち》に痣は無い。反対にまだ息のあった者を含む二人には痣がある。襲撃者は二人の鳩尾を突き、恐らく残り二人の首を打って戦闘不能へ追い込んだ。

ここに来た網谷は大層驚いたであろう。今から仕留めようと思った四人が揃いもそろって「転がって」いたのだから。姿を見られるのを恐れて四人を殺害した。その時に冷静なのが非情な役目もこなすと言われる御庭番らしい。襲撃者が二人であるのを隠蔽するため、首に目立つ痣のある二人の首を落としたという訳である。

「確かに。『路狼《みちおおかみ》』はよく切れる」

網谷が認めたものだから、皆がさざ波の如くざわめいた。網谷の真意を誰も解っていない。ただ一人、瀬兵衛を除いては。

「我ら道中役に命を下した者と、貴様に命を下した者。同じと言ったがそれは嘘だな」

「まことに切れ者ですな。道中役にしておくには惜しい……」

網谷の口辺に妖《あや》しい笑みが浮かぶ。

「恐らく我らと薬園方の上が同じ。貴様は別の者に命を受けた」

「好きに想像なさるがよい」

確かに余命幾許《いくばく》も無い老人を閉じ込めるのは酷いと思った。だがあくまで薬園奉行が受けた命は「守れ」ということである。裏を返せば、幕府の秘事である高尾山の隠し薬園まで使って、将翁の天寿を全うさせてやろうとした、とも取れる。そして瀬兵衛らもその薬園方を助けろと命じられた。

網谷ら御庭番に命じた者は、間もなく死ぬると解っていてなお、将翁の命をさらに縮めたいのであろう。

「鉱脈の在り処《あか》を知られてはまずい。政の争いということか」

いつの世も幕閣は激しい政争を繰り広げている。政敵が鉱脈を得るくらいならば、その在り処を知る将翁を「殺せ」というのが網谷の上の判断。だから網谷は、己にいざという時には将翁を亡き者にしろと唆《そそのか》したのだ。

「くそ……あと少しで聞き出せたものを」

住岡は頭を激しく掻き毟った。二つ勘違いしている。将翁は決して話さなかっただろう。話せば己は用済み、殺されてもおかしくはない。今日この日まで耐えきるつもりでいたに違いない。

さらに瀬兵衛はある事実に気が付いていた。

「網谷、これより阿部殿を追うのか」

「なっ――」

瀬兵衛が言うと、新右衛門も含め全員が驚声を上げる。皆、網谷に将翁が殺されたと思っていたのであろう。この状況ならば普通はそう考える。

「そこまで見抜いているとはな」

連れ去るのが目的ではないのだ。将翁と身の回りの世話をしていた下男を殺して、屍を隠す必要は皆無。そのまま打ち捨てればよい。それなのに囚《とら》われていたはずの二人は忽然と姿を消している。

「貴様もやられたという訳だな」

網谷は大袈裟な舌打ちをして歩を進める。敵が将翁を奪うために大きく動き、この山に籠る全員の目がそちらに向いた僅かな隙を突いて将翁を殺す。網谷の計画は凡《およ》そこのようなものであったに違いない。

予想外だったのは網谷が小屋に踏み込んだ時、すでに将翁らは何者かに連れ去られていたという点だろう。

「ああ。虚……例の連中でしょうな」

――それが胡散臭いのさ。

心中で思うに止《とど》めて口には出さなかった。将翁を取り巻くそれぞれの思惑を纏《まと》めるとするならば、
一、薬園奉行。将翁から鉱脈の在り処を聞き出したい。命じた者は「甲」とする。
二、道中奉行。薬園奉行の援軍として派され将翁を守ることだけが役目。命じた者はこれもどうやら「甲」になる。
三、御庭番。将翁が口を割る前に暗殺を目論《もくろ》む。命じた者は「甲」と敵対する者で「乙」とする。
四、虚。将翁を奪おうとしている。目的は恐らく鉱脈の在り処を吐かせること。

と、頭の中で整理した瀬兵衛は、もう一つ、五番目の集団の存在を感じていた。
五、正体不明の何者か。目的も解らないが将翁を奪おうとしている。
そしてその者たちがこの詐術を仕掛けたのではないか。これは一から四の全ての集団にとって、予測の範疇《はんちゅう》を超えた存在であった。故に御庭番もこの騒動をただの好機と捉えたのではあるまいか。

住岡は網谷を捕えるように、一方で半数を割いてすぐに将翁を追うように命じた。その半数の者たちが山を下りようと来た道を引き返していく。残りの半数は刀を構え、網谷ら二人の御庭番を取り囲んだ。

「篠崎様」

新右衛門が小声で囁く。道中役は誰に味方し、いかに動けばよいのかと指示を仰いでいる。

薬園奉行配下と御庭番は一触即発の様相を呈している。御庭番がいかに武術に長けていようともたった二人。まだ十人以上残る相手には分が悪い。十人の道中役の存在がぎりぎり拮抗する状態を保たせていた。

「新右衛門、まずいことが起きるかもしれぬ」

瀬兵衛は眼前のことよりも、この先を懸念していた。

「まずいこと？」

新右衛門は鸚鵡返しに問い返す。

「網谷ら御庭番と同様、これを好機と見る者たちがいる……」

その時である。高尾山に奇怪な音が響き渡った。雉《きじ》の断末魔とはこのようなものかもしれない。そう思わせる奇声である。

「何だ？」

これ以上、何が起こるというのか。

住岡は顔面蒼白。他の者も耳に手を添えて首を左右に振る。網谷はというと腕を組みつつ首を捻って暗い樹間を凝視していた。

「まただ！」

誰かが叫んだ。また奇声が聞こえた。今度は先ほどよりも幾分低い。二度目までの間隔は短く、また気味の悪い声が森を駆け抜ける。三、四、とそこからはもう立て続けである。

「来た……」

瀬兵衛の呟きは夜風で騒めく木々の音に呑み込まれる。網谷だけが耳聡く反応を示した。

「ですな。虚でしょう」

「何だと⁉」

住岡が驚くのも無理はない。将翁を奪った者は虚だと思っており、今更何故戻るのかが理解出来ない。

「奪うだけでは飽き足らず、鏖《みなごろし》にするつもりか」

網谷もまた、虚が下手人だと思っており、そのように予測を立てた。

「上ってきているのか……?」

住岡は信じがたい表情で零した。

「そのようです」

瀬兵衛は道中役全員に気を引き締めるように促す。

「この数を相手にするつもりとは、敵も相当な数ということか……」

「それはどうでしょうな」

網谷はこちらを見て片笑んだ。瀬兵衛と同じことを考えている。虚がそれほどの人数を擁しているならば、数を削るような回りくどい真似をせず、一気に事を決しようとしたはず。今回の強襲は山の混乱を敏感に感じ取ったか、或いは第三者の襲撃を知り慌てて乱入したかのどちらかではないか。

「多くとも、五人ほどかと」

瀬兵衛が推量を口にすると、住岡は小馬鹿にするように鼻を鳴らした。

「仮にそうならば袋の鼠《ねずみ》よ。皆、警戒を解くなよ。私が自ら先陣を切る故、怯《ひる》むことなく戦え」

住岡も一方の雄。刀を天に掲げて檄《げき》を飛ばすと、配下は応と声を揃えて気勢を上げた。依然、囲まれている網谷は冷めた表情で耳の穴を指で掻いていた。

「住岡殿、間もなく敵が来るのです。拙者に構っている場合か」

「黙れ。貴様も敵だ。囲みは解くな」

住岡は厳しい口調で再度命じると、幾分余裕のある声に戻って続けた。

「それに……半数が山を下っている。真に五人ほどならば、ここに辿り着くことはあるまい」

住岡は瀬兵衛よりも武芸に長けている。多くの強者も見て来たであろう。だがそれはあくまで「表」の道を行く者の話。瀬兵衛はこれまで何人か途方もない強さの者たちを見たことがあった。人外の強さと表現してもよい。それらはいずれも「裏」を暗躍する者たちであった。これまで聞いた話から想像すれば、虚もまた裏の者たち。決して油断は出来ないと考えている。

住岡の言葉を聞いていた網谷がにやりと笑う。再び喊声《かんせい》が下から聞こえて来たのだ。耳を澄ませば、高い金属音も鳴っている。それは野鳥の囀りの如く絶え間なく続いた。まさしく刃を交えている最中なのだ。またも、人の悲鳴が上がって山を駆け巡った。距離は凡そ一町ほど先か。

「どうだ……」

住岡は敵の数を多く見積もっている。援軍を差し向けるべきか、ここで待ち構えるべきか、判断に迷っているようであった。

――近づいて来る。

瀬兵衛は嫌な予感しかしなかった。敵は守りを崩してこちらに向かっている。広場から延びる唯一の山道、それに皆の視線が注がれていた。その道の先、闇の中に人影が浮かんだので、一斉に刀を構え直した。

「住岡様……」

住岡が派した十人の内の一人。脚をもつれさせながら向かってくる顔は、薄い月明かりを受けて雪のように白くなっている。

「須藤《すどう》、首尾はどうだ⁉」

須藤と呼ばれた薬園方の唇が紫に変じているのが判る。

「駄目です……歯が立ちません。山田《やまだ》様が報《しら》せよと私を逃がし……」

須藤は崩れるように、住岡の前で膝を突いた。確か山田という男は、組頭を務めていた四十絡みの人の好い薬園方。皆に慕われているようであった。

「よし。すぐに援軍を送る。敵は何人だ」

「一人……」

「何だと。もう一度申せ」

「一人なのです‼」

ばっと上げた須藤の顔は恐怖に引き攣っている。

「馬鹿な！　十人もいて止められぬというのか⁉」

「あれは人ではない。強すぎる……」

暫しの間、誰も言葉を発しなかった。聞こえるのは松明の小さく爆《は》ぜる音。他には今なお続く金属音と悲鳴。気でも狂《ふ》れたように住岡が高く笑った。

「有り得ないではないか。一人で何十人も討つなど、講談でもあるまいに」

「しかし真なのです」

須藤は懸命に訴える。しかし住岡が信じないと悟ったか、ふらりと立ち上がって広場の奥に進み始めた。

「どこへ行く！　お役目を投げ出すつもりか」

「山田様は報じてお主はそのまま逃げよと……御免」

須藤は言い残すとそのまま走って、道とは反対側の森へと飛び込んだ。草木を掻き分けて道なき道を遁走《とんそう》するつもりである。あまりにも思い切った行動に、皆が唖然として追う者もいない。住岡さえも呆れてしまい、物も言えないといったように溜息をついた。

「須藤には追って沙汰を出す。馬鹿な男だ」

住岡は笑ってみせたが、誰の表情からも不安は消えない。この状況がすでに常軌を逸しており、ずっと悪夢を見ている心地に違いあるまい。

「よし、間島《まじま》、矢野《やの》、残りを率いて応援に行け」

「は……しかし」

住岡は命じたが、呼ばれた二人の配下は顔を見合わせて渋った。一人でも多くの者と共にいたいというのが本音だろう。

「何をしている。これは与力としての命だぞ」

「は……」

答えるもののやはり動こうとしない。篝火は風に煽られて激しく揺らめき、不安定な灯りが強張る顔を薙ぐように照らす。恐怖という根が足を捕えて放さないのは、瀬兵衛から見ても容易に解った。

「住岡殿、ご提案が」

手をぱんと叩いて、そう言ったのは網谷。

「何だ。貴様もこれが終われば……」

「それですよ。拙者が仕留めてきましょう。代わりに手打ちにして頂きたい」

「愚かなことを」

住岡は唾を吐き捨てて疑惑の目を向けた。

「別に貴殿らを突破して逃げるのも難しくない」

網谷は囲みを見回して嗤う。自信が満ち溢れている様から、あながち嘘ではないと見た。

「ことが済めば、貴殿らは拙者の所業も報じられるでしょう?」

一転、網谷は困り顔を作って続けた。

「当然だ」

「それも別に何とかなるのだが……拙者の上は諍《いさか》いを好まれぬ。この場で手打ちにするのが最も望ましいのです。代わりにあれを討って参る」

網谷は道の方に顎をしゃくった。薬園方は敗走しているのか、悲鳴はさらにこちらに近づいて来ている。

「しかしそのまま逃げるつもりだろう」

「これを残しておきます。それで如何」

網谷の他に、唯一残った御庭番の男の肩をぽんと叩いた。五尺四寸（約一六二センチ）ほどの身丈で矮軀《わいく》ともいえない。しかし六尺一寸の偉丈夫である網谷と並んでいるから、まるで子どものように見えた。長い布を何重にも首に巻いており顔の下半分が見えないが、肌の艶や目の潤いから察するに相当若いように見える。

「承《うけたまわ》った」

配下の御庭番は、すとんと腰を落として地に胡坐《あぐら》を搔く。網谷が逃走した場合、いかようにもしてくれという所作である。

「よかろう。討ち取れば不問とする」

薬園方の何人かが住岡に怒りの目を向ける。仲間が殺されたのだから無理もない。住岡は清濁併せ呑む性質だともいえるが、反面出世と保身のためならば何でもする。

それに辟易している者もいるのだろう。

「では、取引は成立ということで」

網谷は腰の後ろに刀を差している。周囲に断りを入れると、それをそろりと抜きはなった。脇差よりもやや短く、反りが無い。住岡の指示で囲みが解かれると、網谷は道を目指して駆け出した。

「暫しお待ちを」

速い。獣を彷彿《ほうふつ》とさせるしなやかな足の運び。旋風の如く走り去り、道の先に続く闇へと吸い込まれていった。

「網谷が討ち取れば良し。相討ちならばさらに良いのだが」

住岡は卑しい笑みを浮かべた。網谷が提案したことなのに、住岡はまるで己の策であるかのように得意げに放言する。それでも残された御庭番は眉一つ動かさずにいた。もう喧騒は本道から右に折れる辺り、半町ほど先まで近づいている。薬園の百姓たちは肩を寄せ合って怯えていることだろう。下手人はそちらには見向きもせず、こちらに向かってきているということだ。

網谷の気合いが遠くに聞こえ、続いてまた金属が触れ合う音が鳴り始めた。敵と行き合ったのだ。今までよりも音の間隔が短い。激しい攻防が繰り広げられているものと推察出来る。

「新右衛門」

「は……」

新右衛門は極度の緊張から脂汗を滝のように流している。瀬兵衛は顔を近づけて耳元で囁いた。

「えっ――しかし……」

「俺の勘ではそうなる公算が高い。必ず守ると誓え」

「は、はい」

新右衛門は腕で汗を拭って力強く頷いた。

煙草《たばこ》を一服するほどの時であろうか。音が止《や》んだ。

「終わったようだな」

住岡が細く息を吐いたのを合図に、薬園方の一人が顔色を窺う。

「多くやられたでしょうか……」

「やもしれぬな。動ける者で急ぎ阿部殿を追うぞ。そう遠くには行っておるまい」

早くもそのような次の指図を始めている。皆の顔にもようやく安堵の色が戻って来ている。だが瀬兵衛と新右衛門、そして道中役は一言も発せず、道の入口を凝視していた。

「何の音でしょうか……」

新右衛門は耳に手を添えた。微かではあるが音がする。これもやはり金属音である。しかし先刻までのような激しい打ち合いのものとは異なる。このような金属の調べをどこかで耳にしたことがある。

瀬兵衛は瞑目して似た音を記憶の中から探した。

「鎖か？」

「篠崎様……あれを」

ぽつんと言った時、新右衛門の声に促されて目を開いた。

闇の中に人影が浮かんでおり、ゆったりとこちらに近づいて来ている。闇そのものが何か異物を吐き出したようにも見える。やがて朧《おぼろ》げな輪郭もはきとしてき、それが男であることが解った。

「誰だ……あいつは！」

住岡は愕然として悲痛な叫びを上げた。見知らぬ男なのだ。網谷と同等か、それ以上の長身。だがその体軀は筋骨隆々たる網谷に比べてかなり痩せている。右手で肩に何かを担ぎ、左手には得体の知れない鉄の輪のようなものを持っている。

男は長い髪を無造作に結び、月代《さかやき》も剃ってはいない。下帯の上に黒い着物を羽織っているだけで、帯も締めていない。何もかもが異形であることは確かだった。

「阿部将翁はそこかい」

男の声は低い。そして小刻みに震えを帯びており、それが不気味さを一層際立たせている。

「虚……」

瀬兵衛の零した声に男は反応した。長い首を前に突き出し、目を細めてこちらを見る。肌が一斉に粟立つ。この男はまずいと直感が告げている。

「知っているなら話が早い」

「馬鹿な……皆はどうした」

男はなおも近づき、住岡はそれに押されるように一、二歩後退した。

「蠅は払うさ」

顔の上半分はぴくりとも動かない。それなのに口だけは繊月《せんげつ》のように細く笑う。その異相に身震いする者もいた。

「網谷の奴……大きな口を叩いて逃げ出しおったか。流石に御庭番には情が無いものよ」

住岡は残されて胡坐を掻いたままの御庭番を一瞥《いちべつ》した。男は遂に道から広場へと足を踏み入れ、頭を回すようにして周りを見る。

「御庭番？　ああ、こいつか」

男は右肩を見た。寒風が撫でたかのように背筋が冷たくなる。男が右手で握っているもの。遠目には縄かと思ったが、闇から出でてもなお黒々としている。

男はそれを肩から下ろして、後ろから前へと大きく振って手を放した。黒い縄の先に付いた大徳利の如きものが地を転がる。だが、それは徳利ではなかった。小石に当たって跳ねても割れることなく、ごろりと上を向いたのだ。

戦慄が立ち上り、もう誰も声を発しない。いや、発せられないというのが正しい。男が放り投げたものの正体、それは網谷の首だったのである。嘔吐する者、へなへなと腰を抜かす者がいた。かくいう瀬兵衛も震える膝を押さえ、立っているのがやっとという有様である。

「なかなか手強い男だった」

男は薄ら笑いを見せた。首を持って来たのも酔狂ではない。強者を討ったという事実を突きつけ、恐慌を誘う。

蛇蝎《だかつ》の如き狡猾さも持ち合わせている。現にこちらはまだ圧倒的多勢であるのに、士気は大きく挫《くじ》かれてしまっている。

「やれ！」

場を支配する恐怖が極限に達した瞬間、住岡は悲痛な叫びを上げた。薬園方は十人ほど。喚声を上げて男に向かったのは半数、残る半数はもう闘えるような精神の状態ではなかった。

（蠅どもめ）

瀬兵衛は唇の動きを読むことに長けている。悲愴な声にかき消されて音は聞こえない。だが、男がそう呟いたのが分かった。

「新右衛門！　ゆけ！」

瀬兵衛も腹に力を込めて叫ぶと、新右衛門は強く頷いた。

「俺に付いて来い！」

新右衛門が向かった先。それは男の元ではない。先刻憔悴しきって戻った薬園方、須藤という者が逃げ去った茂みである。

「振り返るな！　新右衛門に続け！」

瀬兵衛もさらに命じる。道中役の方針は「退却」で決している。ここにすでに将翁はいない。薬園方に殉じて戦う道理はもう無いのだ。

退くならばもうこの機会しかないと考えた。さらに男が、

――蝿は払うさ。

と、言ったことで上手くいくと確信した。つまり男とて無差別に攻撃している訳ではない。あくまで目的は将翁。そしてその将翁がもうここにいないことを知らない。山に混乱を感じたことが理由か、ともかくこの男にも今でなければならない事情があったと察せられる。

新右衛門らの撤退に、住岡はあっと声を上げたがすぐに前方に向き直る。それと同時に戦意を失った薬園方も、逃げという選択肢を思い出したかのように、這《ほ》う這《ほ》うの態で新右衛門の後に続く。

戦う者と逃げる者。場は完全に二極化した。では瀬兵衛はというと、

――見届けねばならぬ。

使命感から思っている訳ではない。男が万が一逃げる新右衛門らを優先するようであれば、及ばずながら殿《しんがり》を務めて時を稼ぐつもりだった。恙《つつが》無くお役目を全うする。今ではそれだけが瀬兵衛の指標だった。だが一つだけ失っていない情熱もある。それは、

――もう誰も死なせやしない。

というものである。己は聖人君子という訳では無い。だが配下の死を座視することはどうしても出来なかった。彼らにも父母妻子がある。残された者がどれほどの苦悩に苛《さいな》まれるか、瀬兵衛は己の妻を見て痛いほど知っている。

瀬兵衛は柄に手を掛けて、じりじりと足を捩じるように後退する。眼前では死闘が繰り広げられている。いやこれは「闘い」とは呼べぬ。一方的な展開である。男の強さが常軌を逸している。二、三人が同時に躍りかかるも纏めて薙ぎ倒されているのだ。

「あれは何だ……」

思わず口から滑り出た。男が使う得物が、生まれてこのかた見たことも聞いたこともないものなのだ。

鋭利に研がれた径が一尺（約三〇センチ）ほどの鉄の輪。これは文献で見たことがある。飛輪、あるいは円月輪、戦輪などと呼ばれる投擲武器である。戦国の世に忍びの者が使ったと言われている。

ただ男のものは円の一部が切れて柄のようになっている。しかもそこから鎖が伸びており、その先には四斤（約二・四キロ）はあろうかという分銅が付いている。形状としては鎖鎌に似ている。鎖飛輪などと呼ぶものなのかもしれない。

斬撃を飛輪で受け止めたかと思うと、そのまま滑らせて喉を狩る。横から迫った者には、旋回させた分銅を飛ばして眉間を打ち抜く。かと思えば今度は距離のある者に飛輪を投げて退け、そのまま振り回した勢いで迫った者を薙ぎ倒す。懐に入った者がいれば、自身も大きく飛び退くと同時に鎖を引いて飛輪を手繰り寄せ、背後から撫ぜるように斬り倒す。近、中、遠、どの間合いにも上手く対応して死角が見当たらない。瞬く間に屍の山が築かれていき、残り一人となったところで逃げだした者も、背に飛輪を受けて地に叩きつけられた。

「住岡殿……お逃げ下さい」

瀬兵衛は呼びかけたが、住岡はまるで魂が抜けたように茫然自失となっている。冷酷なようだが命を懸けて助太刀しようとは思わなかった。その気があるならば、先刻の戦いに加わっている。

幸いにも男は住岡に興味がないらしく、その脇を悠々と歩いて小屋の戸を開いた。

「おらぬ。阿部将翁をどこへやった」

男は目を蛇のように妖しく光らせて、住岡に歩み寄っていく。

「我らも誰かに奪われたのだ……」

ようやく住岡が絞り出すと、男はひょいと首を捻った。

「ほう。真か嘘か、躰に訊くか」

——御免。

瀬兵衛が逃げ出そうとしたその時、目の端に有り得ないものを捉えた。逃げたはずの新右衛門が戻ってきており、刀を抜いて小屋の陰から様子を窺っているのだ。

——待て！

瀬兵衛が叫ぼうとした時にはもう遅かった。物陰から飛び出した新右衛門は無言で走って男の背後に迫ると、脳天目掛けて刀を振り下ろした。

景色がゆっくりと流れる。

「蠅がまだいたか」

男の不快げな声が耳朶に届いた。振り返ると同時に左手の飛輪で新右衛門の刀を弾き飛ばし、右手で鎖を勢いよく引き寄せる。分銅は竜の如く躍動し、飛ばされた刀に視線を奪われた新右衛門の胸を打ち抜いた。新右衛門は衝撃で吹き飛ばされ、仰向けに倒れ込んだ。

その時、瀬兵衛はすでに刀を抜いて駆け出している。止《とど》めをさせる訳にはいかないと、気を引くために言葉にならぬ雄叫びを上げて迫った。

「鬱陶しい」

男は右手を大きく縦に振った。波のような曲線を描き分銅が迫る。避けようとしたが間に合わない。左肩の根を強かに打たれて回転するように倒れた。

「見逃してくれ……邪魔はせん」

恥も外聞も無い。瀬兵衛は刀を放り出すと、片膝を突いて懇願した。

「くく……都合のよい蝿だ」

男は低く笑いながら新右衛門に近づく。

「住岡殿！」

叫んでみたが住岡は蛇に睨まれた蛙のように動けずにいる。己と違い、なまじ剣術に長けているからこそ、実力の違いをまざまざと感じ取れるのかもしれない。

「くそっ……」

瀬兵衛は痛みに耐えて立ち上がり、苦し紛れにありったけの声で叫んだ。

「俺からやれ！」

男は一瞥するだけで何も答えず飛輪を振りかぶる。刀もまともに握れない。瀬兵衛が死を覚悟して突進しようとしたその時、あらぬ方向から声が飛んで来た。

「おい」

男だけではない。気を失っている新右衛門を除き、皆の視線が声のほうに注がれた。道から広場に出た辺り、見知らぬ男が立っている。その刹那、何かが宙を煌《きら》めきながら走った。男が飛輪を撥《は》ね上げると、甲高い音が響く。

「銑鋧《せんけん》か」

飛輪の男が呟いた。銑鋧とは暗器の一種で、別名を棒手裏剣などという。

「虚……とはお主か」

銑鋧を放った男は問いかけながらこちらへ近づいて来る。飛輪の男は新右衛門への興味を失ったか、あるいは新手が相当な手練れと思ったか、身構えて様子を窺ってい る。

「だとしたらどうする」

飛輪の男はやはり虚の一味であった。

「訊きたいことがある」

新手は両刀を腰に手挟んでいることから武士であるらしい。五間を切った時、月明かりに照らされた顔を見て瀬兵衛はあっと声を上げた。

――あの男だ……。

あの板橋宿で出逢った、信濃高島藩士と名乗った男である。藤浪《ふじなみ》と名乗ったが偽者であったことはすでに知れている。そしてこの男こそ、この山に纏《まつ》わる最後の欠片《かけら》ではないか。瀬兵衛は心のどこかでずっとそう思っていた。

「後にしてくれぬか。こちらは探しものでちと忙しい」

「阿部将翁か」

やはり新手は将翁の存在を知っている。むしろ連れ去ったのはこの者ではないか。

「どこにいるか、知っているのか」

「ああ」

認めたことで虚の男はにたりと笑った。

「どこだ」

「こちらの問いが先だ。お前らは子どもを勾引かしているか」

「……らしいな」

意味深な答えである。それに引っ掛かったのは新手も同じようである。

「らしいとは？」

「新参でな。詳しいことは知らぬ」

「では、仲間の元へ連れて行け。そやつらに訊こう」

「こちらの問いには答えぬのか？」

鎖をするすると手繰りながら苦笑した。

「断る」

「これは、これは……困った御仁だ。ならばこちらも聞けぬなあ」

「その気は初めからなかろう。無理にでも引きずり出してやる」

新手はゆっくりと腰の刀へと手を落とした。周りに夥しい屍が転がっている。これが虚の男の仕業と気付かぬはずはない。余程腕に自信があるのか、それともただの阿呆か、戦うつもりらしい。

「蝿めが……」

虚の男は忌々しそうに舌打ちした。

「俺が蝿だとすれば、貴様は蝿にもなり切れぬ蛆《うじ》よ」

痛烈な切り返しに、虚の男は歯を食い縛って睨みつける。

「死ね」

「あの世に悔め」

二人の言葉が重なった刹那、凄まじい速さで飛輪が宙を翔《か》ける。

この不意打ちに新手は為す術なくやられる。そう思ったのも束の間、新手は予想していたかのように身を屈めて飛輪を搔い潜り、猛進した。

「林崎夢想流《はやしざきむそう》、幕越《まくごえ》……」

瀬兵衛の耳は新手の囁く声を捉えた。光芒が迸《ほとばし》る。虚の男はぎょっとしたようだが、鎖を張って受け止める。

「後ろだ――」

飛輪が新手の脹脛《ふくらはぎ》辺りを目掛けて、高速で戻って来ているのだ。新手が味方という保証はない。ただこちらが勝たねば命が無いと思っていたからか、瀬兵衛は思わず叫んでしまった。

余計な心配だったようで、新手は瀬兵衛が叫ぶより先に化鳥のように宙を舞っていた。

「吉岡流……黄檗《おうばく》」

新手はまた囁いた。まるで記憶を喚起させているかのように。

宙で身を捻ってその勢いのまま刀を振り抜く。虚の男は仰《の》け反って辛うじて躱す。その時には飛輪が手許に戻っている。

「茜詩《あかねうた》」

爪先が地に着いたと同時に刀を切り上げる。だがこれは飛輪に弾かれた。

「蒼天《あおあま》、橙佗《とうた》、黒鉄《くろがね》」

新手は手を休めない。目にも留まらぬ猛攻である。

虚の男も負けていない。左手の飛輪、円形のため受けるだけで相手の刀が滑る。それを利用して上手くいなしている。

――助太刀すれば……。

勝てるのではないか。瀬兵衛の頭に過ったが、己では邪魔になるだけだろう。住岡も完全に戦意を喪失して茫然としている。

――御庭番！

そのことを思い出して、勢いよく振り返った。しかし人質として残っていたはずの御庭番は忽然と姿を消していた。

歯嚙みする瀬兵衛をよそに、戦いは激しくなっていく。

虚の男は右手で分銅を頭上高くに舞い上げ、後ろに飛び退くと同時に地に叩き落とす。まるで落雷の如き速さで分銅が降って来る。

新手の頭がぶれたように見えた。分銅をぎりぎりまで引き付けて躱したのである。そしてすかさず鎖を引き上げると分銅を手にし、反対に投げ返した。虚の男は飛輪で叩き落とす。

――これは……。

虚の男も人外ならば、この新手もまた人外。地獄の牛頭馬頭《ごずめず》が突如地に現れて争っている。そう思えるほど常識から外れた激闘に、瀬兵衛は息を呑んで見守ることしか出来なかった。

三

——厄介なものを使う。

平九郎は舌打ちをして刀を下段に構えた。まだ全てを見切ってはいない。守りに長けた技でやり過ごし、手の内を全て吐き出させたい。

初めて見る得物である。円形の部分は確か飛輪と呼ばれるもの。それと鎖鎌を合わせたような武器である。世には実に多くの流派があり、中には一子相伝として門外不出のものもある。この男の奇妙な得物と技もその類と思われた。

平九郎は七瀬に将翁を託して高尾山に戻った。山道に無数の屍が転がっていたことから、麓でやり過ごしたこの男が襲撃しているということは解った。

将翁のいた小屋を目指し、広場に辿り着いたところ、一触即発の局面に出くわしたという訳である。

何も善意で銑鋧を放った訳ではない。敵が相当な手練れということは解っていた。いかな達人といえども、仕留めようとする時には僅かな隙が生ずる。銑鋧で利き腕の自由だけでも奪っておけば、楽に戦いを進められると考えたに過ぎない。

間違いなくあの道中同心である。状況から察するに仲間を庇《かば》おうとしていたところであった。味方ではあるまいが、先ほど飛輪が戻って来るのを報せようとしてくれた。

──篠崎瀬兵衛……。

「これほどの男が他にもいるとはな。世は広いものだ」

虚の男は手の甲で前髪を掻き上げ、けらけらと奇怪な笑い声を上げた。

「他……だと」

平九郎は刀の鋩《きつさき》を揺らして誘いこもうとするが、男は乗って来ない。

「これは口を滑らせた」

「他の虚か」

男は失言を恐れたか口を噤《つぐ》む。飛輪を構え直して反対に問い掛けて来た。

「お主、名は」

「さあ……忘れた」

平九郎は刀を上げて下段から正眼に戻す。

「貴様こそ馬糞から生まれた訳でなければ、名くらいあろう」

先ほど蛆と罵ったことが効いたか、男の顔にみるみる怒気が上っていく。

「漣月《れんげつ》」

男は眦《まなじり》を釣り上げて声を震わせた。それが本名か、あるいは偽名か、平九郎にとってはどちらでもよい。この応酬は飾りにしか過ぎない。互いに次の仕掛け時を探っているのである。

先に動いたのは漣月である。飛輪は手許に置いたまま鎖を横車に振り回した。大きな弧を描いて平九郎の横顔を分銅が襲う。刀を差し込めば搦め捕られてしまう。かといって進めば躰に鎖が巻き付く。

——楊心《ようしん》流、玄絶《げんぜつ》。

先刻も使った楊心流柔術特有の体捌《さば》きである。頭を振った勢いで足を動かす。敵からは一瞬、頭と足の位置がずれて見えて、間合いを見失う。一見地味だが、相手が躰全体の動きを見る達人であればあるほど効果的である。

漣月は間合いを詰める。手には飛輪だけ。分銅は放りっぱなしになっており、刀と比すればこちらのほうに間合いの長がある。

「玄絶で躱すと思った」

低い姿勢の漣月が不敵に笑う。

「なっ——」

「塩田《しおた》楊心流、銀狐《ぎんこ》」

漣月は得意げにそう言った。楊心流から分かれ、薩摩《さつま》の忍びの間で伝承されている
との噂の流派である。だから「玄絶」のことを知っていた。
漣月は戻って来た分銅を左手で摑むや否や、躰を旋風の如く回して飛輪を手放す。
ぴんと鎖が張り、強烈な勢いで飛輪が大弧を描いて飛んでくる。刀どころではない。
槍や薙刀の間合いをも超えている。
——間に合わない。
分銅と違い飛輪は一尺ほどの径がある。紙一重で避けるのが間に合わないと悟った。
だからといって受けることも出来ぬ。勢いの付いた飛輪は刀をへし折るかもしれない。
「庄田流《しょうだ》、陣破《じんは》！」
——駒川改心流、忍打《しのびうち》。
平九郎は咆哮《ほうこう》すると左手で脇差を逆手持ちに引き抜いた。右手の刀を振り上げるの
と同時。向かってくる飛輪を二刀で下から叩き上げたのである。
「馬鹿な……」
空高く飛輪が舞い上がっている。
呟いた時には、漣月の歪む顔が眼前に迫っている。
「吉岡流、白蓮《びゃくれん》」

半身を開いて腕を伸ばす強烈な突き。漣月の胸に刀が吸い込まれていく。漣月は後ろに倒れ込んで、引き抜こうとするが、平九郎は脇差を捨てて抱きかかえるように動きを封ずる。

「各派の技を模倣するだけでなく……同時に放つ……だと」

漣月の唇が小刻みに震え、荒くなった息が耳に掛かる。

模倣の剣術の井蛙《せいあ》流だが、技を放つために唯一の条件がある。それは、

——流派と技の名を口に出すか、心で念じること。

である。あくまで技の一つを模倣しているに過ぎず、流派そのものを習得している訳ではない。視覚で盗み、そのまま躰に覚えさせる。躰に蓄積させた技が十やそこらの時はまだよい。だがそれが数十、数百となると、瞬時に引き出すのがどんどん難しくなる。平九郎はこれに酷く苦労した。そんな時に剣の師匠は、きっかけを作り、結びつけるのがいいだろうと提案した。

——そうさな。口で唱えてしまえ。

師匠はそう言って豪快に笑ったものである。何も酔狂で唱えている訳ではないのだ。今ではようやく心で唱えるだけでも技を使えるようになった。そのことで師匠に習っていた時には、どうしても出来なかったことも出来るようになったのである。

「井蛙流奥義『嵩《かさね》』」

一つを口に出し、同時に一つを心で念じる。こうすることで二つの技を繰り出せるようになった。

「化物……め……」

漣月の躰から力が抜けていき、手から鎖が滑り落ちた。平九郎は刀を抜いて飛び退く。漣月は刮《かっ》と目を見開いたまま俯せに倒れこんだ。

本当は生かして虚のことを吐かせたかったが、とてもそれが出来る余裕のある相手ではなかった。殺さねば今頃己が骸と化していただろう。

懐紙で刀を拭って鞘に納める。無言で立ち去ろうとする平九郎の背に声が飛んで来た。

「ま、待て！」

瀬兵衛である。もう一人の茫然と立ち尽くしていた男も我に返り、捨て置けと止めようとする。しかし瀬兵衛は顧みず、慌ただしく話しかけてきた。

「板橋宿を通った藤浪であろう。そして松下《まつした》様の屋敷でもすれ違ったはずだ！」

この男が手強いという、平九郎の予感は的中した。なかなかの慧眼《けいがん》の持ち主である。

「だとしたらどうする」

「阿部殿を連れ去ったのもお前だろう。何が目的だ」

「望む者を悔ませる。それが俺の勤めだ」

「望んだのは阿部殿……」

愕然とした様子であったが、瀬兵衛はきっと睨みつけて続けた。

「阿部殿の命は幾許も無い。動かせばその余命も縮めることになる！」

平九郎が答えようとした時、この凄絶な光景に似合わぬ軽い調子の声が飛んで来た。

「あれー、新入りやられちゃってますよ」

血は虎狼を呼び寄せるのか。また新たにこの死臭立ちこめる山に人が現れた。今度は二人組である。深淵の如く暗い道から姿を見せ、無数の篝火が照らすの中へ踏み出す。まるで冥府から呼び出されたかのように思えた。

たった今、声を上げたほうは身丈五尺四寸ほど。頭を掻きながら近づいて来る。前髪が取れたばかりではないかと思えるほどの若侍である。

もう一人は六尺（約一八〇センチ）近い大男。こちらは布で顔を覆っているため年の頃は解らない。異様な雰囲気を放っているのは間違いない。

「また……」

瀬兵衛と異なる、これまでも茫然自失の態だったもう一方の男。恐らく薬園方の者だろう。呟いてへなへなと膝を突いたことから、二人組が幕府の役人でないことは察せられた。

「私たちを待てと言われていたのに、功を焦るから」

若い男は呆れたように言い、屈んで近くの屍を見た。

「ふむ。なるほど……」

若い男はちょこまかと栗鼠《りす》のように動いて屍を見て回る。

「これを殺《や》ったのは新入りか。で、その新入りを殺ったのは……」

こちら側を一人ずつ見つめ、

「貴方ですね」

びっとこちらを指差した。

「虚か」

平九郎は顎を引いて低く尋ねた。

「はい。虚です」

あどけなさの残る若侍はにこりと笑った。その距離は約七間（約一二・六メートル）。

だが平九郎はいつでも刀を抜けるように気を張り詰めている。

大男は図体こそでかいが、足取りから見るに武芸の心得は無いと見た。問題は若侍のほうである。漣月も一見して達人だと分かったが、こちらからは底知れぬものを感じる。

「新入りもなかなか遣ったでしょう？　凄いなあ」

若侍は勝手に話して感心している。大男は口を開かない。覆面で顔を隠していることからも、市井に紛れているなど、素性を知られては不都合な理由があるのかもしれない。

「貴方、名は？」

若侍はひょいと首を傾げて尋ねた。平九郎は答えない。先手で斬りかかる隙を探しているが、一向にそのようなものは見つからない。

「あ、こちらから名乗ったほうがいいですか。私は……」

「おい」

大男は若侍の肩を小突き、初めて口を開く。

「榊惣一郎《さかきそういちろう》と言います」

だが制止も虚しく堂々と名乗ったので、大男は声を荒らげた。

「何故、名乗る！」

「いいじゃないですか。男吏《だんり》さん」

「お前──」

「あ」

二人が顔を見合わせ暫し無言の時が流れた。平九郎はそれで一気に記憶が呼び起こされた。伝馬町の近くで飴細工を売っていた時、かの悪名高き男が同輩と喧嘩しているのに遭遇したことがあった。

「そうか……『拷鬼《ごうき》』初谷《はつがや》男吏。お前も虚か」

「くそ……お前は馬鹿か」

やけになったように男は布をはぎ取った。顕わになった顔は確かに初谷男吏である。

「だからいいですって。だって……ここにいる人は皆死んじゃうんだから」

惣一郎と名乗った若侍は口元を綻ばせた。飴を買いに来る子どもを思わせる無邪気な笑みである。

「なるほど。一理ある」

男吏も不敵な笑みを見せた。惣一郎の腕前に絶大な信頼を置いているようである。

「江戸で子どもを攫っているのは貴様らか」

平九郎が問いかけたが、惣一郎は惚けたように口笛を吹いた。

「そちらも名乗って下さいよ。お侍さん」

「断る」

「いいこと思いついた。負けたほうが問いに答えるってのは、如何です？」

無言で平九郎が柄に手を移す。

「決まりってことで」

惣一郎は目の前で手を叩くと、つかつかとこちらに向かってくる。

──来い……。

間合いに入るのを待った。平九郎が習得している中で最速の技を用い、一瞬でことを決するつもりであった。惣一郎が間合いに踏み込む。

──無楽《むらく》流、無意一刀《むいいっとう》。

戦国時代に長野無楽斎槿露《ながのむらくさいきんろ》が開いた流派にして、ただひたすらに速さを求めた実用的な剣である。矢に等しい速さで錵が走る。必殺の二字が脳裏を過った時、眼前にもう一筋光芒が走った。

「なっ──」

がちんと刀が嚙み合う。惣一郎も居合を放ち宙で交わったのである。

「無楽流なんて珍しい」

惣一郎は嬉々としている。躰を見比べれば膂力《りょりょく》ではどう考えても己が上。鍔《つば》迫《ぜ》り合いに持ち込もうと左手を動かした時、惣一郎は真後ろに飛び下がった。それだけでない。手首を返して宙で真一文字に斬撃を放つ。

——天心流《てんしん》、落夜《らくや》。

剣術において「懸」と呼ばれる搦め技。惣一郎の刀を叩き落とした。

「わ、天心流？」

惣一郎は少しばかり驚いたが、鉒を滑らせて逃れると斬り上げて反撃に出る。風圧を感じるほどの鼻先で躱し、平九郎は心の中で次々と流派と技の名を連呼しつつ攻め立てる。

漣月の時は初見の得物に戸惑ったが、今回は違う。純粋に剣の実力が伯仲している。

一瞬でも気を抜けば、

——死ぬ。

惣一郎の痛烈な刺突を払うが、すぐに腕を縮めて二度、三度と突いて来る。剣を交えれば交えるほど速度が上がっていることに気付いていた。

四度目の突きに対し、身を捻って手を取った。

「関口《せきぐち》流柔術……」

「柔術まで」

惣一郎は平九郎の膝を踏んで駆け上がると、反対に腕に足を絡めて来た。これに抵抗すれば手首を折られる。かといって逃れなければ体重を掛けられて転がされ、刀で止めを刺されてしまう。平九郎はふっと膝の力を抜くと、腕に絡んだ惣一郎を地に叩きつけた。

「ぐえ」

惣一郎は踏まれた蛙のような声を発して腕から離れた。すぐに身を起こして刀を突き立てるが、転がって逃げられた。距離を取った惣一郎はゆらりと立ち上がった。

「凄い……どうなっているんですか。まるで流派の見本市だ」

平九郎は気付かぬうちに肩で息をしている。こちらの憑依《ひょうい》させた流派を悉《ことごと》く初見で見破っている。どうすればこの若さでこれほどの高みに上れるのか。反対に問いただしたいくらいである。

「惣一郎、遊ぶな」

男吏は苛立っているのか、はたはたと爪先を動かして言う。

「遊んでいませんって」

「本気か……?」

「ええ、滅茶苦茶な強さです」

そうは言うものの惣一郎の頬は緩んでいる。

「勝てるか」

「五分といったところでしょうね。まだ奥の手がありそうですし」

「それはまずい。退くぞ」

男吏の声に焦りが溢れた。

「えー、これからだって——」

平九郎は惣一郎が男吏の方を向いた瞬間を見逃さなかった。矢の如く間合いを詰めている。

「富田《とだ》流……烽火《ほうか》」

——真之真石川《しんのしんいしかわ》流、草摺《くさずり》の太刀。

唱え、念じた。井蛙流奥義「嵩」である。小太刀に長けた富田流の烽火は、脇差の抜き打ちを刺突に流動させる。一方の真之真石川流、草摺の太刀は撃ち込みの中で最も速い切り上げの技。肩、肘《ひじ》、手首を順に返し、片手で真下から襲う。前後左右逃げ場は無い。

惣一郎は半歩退いた。いや、半歩にも足らない。距離にすれば七寸（約二一センチ）ほど。振り下ろした刀は平九郎の左右の刀と重なる。二つの軌道を同時に止めうる唯一の点、そこで受けたのだ。

「同時に二つも撃てるなんて……」

惣一郎の顔から初めて笑みが消えた。背筋に悪寒を感じて平九郎は横っ飛びに離れた。

――天賦《てんぷ》の才……。

それ以外にどう評すればいいのか。剣の神の加護を受けている。そうとしか思えない圧倒的才能。己や迅十郎とはまた違う、天性の凄みがこの若者にはある。

「惣一郎！」

「やっと慣れてきたのに」

男吏が吼えると、惣一郎は口を尖らせた。

「お前に万が一のことがあれば、我らは……」

「耳に胼胝《たこ》が出来ていますよ。お侍さん、残念ですが、またにしましょう」

平九郎は警戒を解かずに脇差を宙で回して納刀すると、正眼に構え直した。惣一郎は男吏のもとへと後ろ向きに歩いていくと、小気味よい音を立てて素早く刀を納めた。

「俺の勝ちということでいいな」

「引き分けでいいでしょう」

「尻尾を巻いて逃げるのにか？」

「あー、そうなりますね。じゃあ、名を教えてくれれば」

惣一郎は宙で手を滑らしてこちらを指した。この無邪気な性質は口を滑らせるのではないか。平九郎はそれに賭けるつもりで呟いた。

「くらまし屋」

「あっ――知っていますよ。炙り屋だけじゃなく、こっちも剣を遣うんだ」

「俺の問いは？」

「ええ、神隠しの幾つかは私たちの仕業です」

平九郎の予想通り、惣一郎はあっさりと認めてしまった。

「惣一郎、調子に乗るなよ」

男吏の顔が険しくなり、声は憤怒を抑えている様子である。男吏は剣の強弱では惣一郎の足下にも及ばないだろう。だが拷鬼の名に相応しい狂気を秘めた迫力があった。ここに来たのも漣月か惣一郎が護衛を除いた後、男吏が将翁を拷問にかけるつもりだったのだろう。

「怒らないで下さい。内緒でお願いします」

「お前はもう話すな」

男吏は間髪入れずに言葉を重ねる。内緒で頼むということは他にも仲間が存在するということになる。男吏は大きな溜息を零して踵《きびす》を返した。

「一人で何流派も味わえるなんて、何てお得な人なんだ。次に会うまで殺られないで下さいね」

惣一郎はそう言うと爽やかな笑みを見せた。天衣無縫《てんいむほう》という言葉がしっくりくる。

二人の姿が闇に吸い込まれても、暫く平九郎は構えを崩さなかった。どれほど時が経ったであろう。二人が本道に出たであろう頃、ようやく構えを解いて刀を納める。

何とか退けはしたものの、平九郎は敗北感に打ちひしがれていた。惣一郎の剣の冴えは戦いの中で増していっていた。あのまま剣を合わせていれば、ただでは済まなかったことだろう。

平九郎が場を去ろうとすると、瀬兵衛がまた声を掛けた。

「お前がくらまし屋……」

惣一郎との駆け引きを聞かれていた。生かしておいてはまた厄介なことになる。そう思ったのも一瞬、平九郎は一瞥して歩み始めた。

――俺は違う。

ここで迷いなく殺せば、二度と戻れなくなる。虚の狂気に触れた直後だからか、いつも以上に強く思った。

「お前は善なのか……悪なのか」

結果的に瀬兵衛らの窮地を二度も救ったことになる。瀬兵衛は混乱しているようであった。

「どちらでもない。物事には表裏がある。それだけだ」

「しかし――」

「動かせばその余命も縮めることになる……そう言ったな」

平九郎はそこで言葉を止め、首だけで振り返って続けた。

「生きるとは……長さのことか？」

瀬兵衛は雷撃に打たれたように言葉を失っていたが、下唇を噛みしめると絞るように言った。

「だがお主が法度を乱すならば、俺は捕まえねばならん」

「好きにしろ。だが今はあちらを救うべきではないか」

小屋の側で転がっている若者。息があることを感じていた。瀬兵衛はそれを守らんとして、無謀にも漣月に立ち向かおうとしたのだろう。

瀬兵衛はもう何も言わない。平九郎もまた何も語らない。人があまりに騒ぎ立てたためか、鴟《みみずく》が不安げに鳴いている。その声の主を求めるように、平九郎は闇の中に身を溶かし込んでいった。

四

平九郎は弁助の元へと戻ると、馬を操って高尾山から離れた。馬には荷が積まれている。いかなる事態にも対応出来るように、様々な衣装を用意している。

関所では平九郎は武家、弁助は中間に化けて馬を曳かせて抜けた。当然ながらここでも櫻玉《おうぎょく》に作らせた手形がものをいう。こうして平九郎らが江戸に戻ったのは、高尾山から脱出して三日後の夕刻のことであった。

平九郎が目指したのは自身が住まう長屋のある日本橋弥兵衛町《やへえちょう》でも、波積屋《はづみ》のある日本橋堀江町《ほりえちょう》でもない。芝口《しばぐち》南、増上寺《ぞうじょうじ》に程近い中門前《なかもんぜん》にあるこぢんまりとした屋敷である。ここは表向きにはさる商家の持ち物となっているが、実態は平九郎が買い上げてある。このような塒《ねぐら》を江戸に複数用意している。

「佐々木《ささき》殿はご在宅か。紀州より蜜柑をお持ちした」

平九郎が呼びかけると、戸がさっと開き七瀬が顔を出した。

「平さん」

「あぁ、尾けられちゃいない」

七瀬に誘《いざな》われてまず弁助を押し込むと、平九郎も中に入った。戸の前で呼びかけた内容が合言葉になっているのである。

「将翁は無事か」

「ええ。江戸に戻って少し熱が出たけど、今はもう落ち着いている」

奥の座敷に布団が敷かれ、そこに将翁が横臥していた。

「旦那様……」

弁助は慌てて布団の側に駆け寄る。

「おお、弁助。戻ったか」

「はい。ご無事で何よりです」

「間もなく死ぬるがな」

将翁は軽口を叩いて口辺を緩めた。すでに死を受け入れ、達観しているようであった。

「その前に行かねばならないのだろう」

平九郎が言うと、将翁は小さく頷いた。

「ああ」

「出航は明日だ。俺が最後まで付き添う」

「丁寧な仕事だ。お主に頼んで正解だったな」

将翁は満足げに目尻に皺を寄せ、弁助のほうへ視線をやる。

「弁助、長らく世話を掛けた。明日、儂は行く」

弁助は供をするつもりであったが、将翁は、くらまし屋がいるからと残るよう説得した。弁助が一刻も早く、普通の暮らしに戻れるようにという将翁の優しさであろう。

「何を仰います……私の方こそ面倒を見て頂き……」

脇に正座する弁助は、声を詰まらせて涙を拭った。

「大して銭を残してやれずにすまない」

「滅相もない……」

将翁は有り金の殆どを費やし、我が身を晦ますことを望んだ。

「だが小さな家の一つくらいは借りられるだろう。お主ならば食っていける。漢方を扱うことを許す」

将翁は人生の中で何人かの弟子を取った。だがこの弁助ほど長い時をともに過ごした者はいないという。薬草を求めて各地を行脚した時も、この弁助が常に傍らに寄り添っていた。その中で自然と、他の弟子に勝るとも劣らぬ本草の知識を身に付けたという。

「くらまし屋殿、弁助はなかなかの本草家よ。折があれば使ってやってくれ。口も堅い。きっと役立つ」

将翁なりの礼のつもりなのかもしれない。実際、弁助もこの度の晦ませる対象であり、己らのことを口外すれば、掟《おきて》に従って始末せねばならなくなる。そのことは弁助も重々承知している。

「分かった。明日まで眠れ」

平九郎はそう言うと、七瀬を連れて席を立った。身寄りのない将翁にとって、弁助が唯一身内のような存在だったのかもしれない。今夜は二人で今生の別れをさせてやろうと思ったのである。

まるで親子のように語り合う二人をちらりと見て、平九郎はゆっくりと襖を閉めた。

五

明朝、屋敷の前で声が聞こえた。例の合言葉である。今度は平九郎が戸を開ける番である。

「問題無いか」

「尾行はないぜ」

不敵に笑いながらそこに立っているのは赤也であった。赤也だけは波積屋に戻って、出航まで遺漏なきように細々と動いてくれていた。

「女と揉めたか？」

平九郎は首を捻った。中に入った赤也の顔に小さな傷が無数にあるのだ。

「ひでえ。山を逃げ回っていたら、こんなになっちまったんだよ」

赤也は呼子を吹いて見張りたちを誘《おび》き寄せる役を担った。当初の予定では道が行き止まりとなったところで、騙されたと気付いて全員が引き返すと考えていた。しかし薬園方が半数を割いて執拗に追いかけて来たらしい。

――話が違う！

と、赤也は泣きべそをかきそうになりながら、朝まで山中を逃げ回っていたらしい。

「七瀬の策とは言え、全てが上手くいくってことはないな」

平九郎は苦笑して肩を叩いた。

「違うって。あいつ絶対、そうなる場合も考えていたはず。それで黙ってやがったんだよ」

「呼んだ？」

七瀬が襖を開けて顔を出す。

「ん？　呼んでねえぜ」

赤也は惚けてみせると、水瓶から柄杓《ひしやく》で水を汲《く》む。

「赤也、駕籠《かご》は？」

赤也は柄杓に口を付けて喉を潤しながら、左手で入口のほうを指差した。将翁は随分と衰えており、歩みも遅々としたものである。もし何者かに見咎められれば逃げることは難しい。かといって白昼堂々、花の江戸で大立ち回りをする訳にもいくまい。

「儂がまた駕籠とはな」

弁助に支えられた将翁は自嘲気味に笑った。いかなるところにも自らの脚で行く。採薬使として一角の存在になっても、将翁はそれを心掛けていたらしい。

目当ての草木を見つけるだけでは本草家は二流だという。気候や風、近くに棲《す》む鳥獣。それらを見ることでより深く解ることがあるというのだ。

駕籠に将翁を乗せると、平九郎と赤也で脇を固めて江戸湊を目指す。今日の平九郎は武家の装いではなく、髷も結い直した町人風である。傍《はた》から見れば商家のご隠居と手代といったように見えるだろう。

江戸湊に到着すると、銭を与えて駕籠を帰した。将翁の脇にはぴったりと赤也が付いて介添えしている。

「平さん、おはよう」

慌ただしく船乗りたちが荷を積んでいる中、こちらに近づいて来る小太りの男がいる。

「弥太郎《やたろう》さん自らおいでとは」

今回の平九郎の頼みを聞き届けてくれたのはこの男である。弥太郎は九州から良質な材木を運んでくる「球磨《くま》屋」を若くして継いだ。それから約十年、歳はまだ三十を少し過ぎたくらいだが身代を三倍にまで増やした、遣り手の商人である。一年半ほど前、縁あって知遇を得た。

「久しぶりに顔を見たくなってね」

「忙しいんだろう？」

「まあ、商家の戦《いくさ》も大変さ」

天下の豪商は大丸《だいまる》、白木屋《しろきや》、越後屋《えちごや》の三つであり、商圏を巡って激しい争いを繰り広げている。世の商家の殆どはこれらの三つの豪商の傘下に属していた。弥太郎の球磨屋は、大丸傘下の有力な商家七家の一つに数えられる程になっているのだ。

「そんな時にすまない」

「いいさ。丁度、佐村《さむら》屋を切り崩そうと思っていたところだからね」

佐村屋とは同じく材木を扱い、白木屋の傘下に入っている商家である。仙台藩から独占して材木を卸してもらい、それを江戸で売り捌くのを主な商いにしていた。弥太郎はここに割り込もうと算段しているらしい。

「佐村屋は烈火の如く怒るだろうな」

「そのまま憤死してくれれば幸いさ」

弥太郎はふくよかな頬を叩きつつ笑った。

「気を付けなよ。荒事に出るかもしれねえ」

「そんな時のため、平さんに恩を売っているんだよ」

「一本取られたな」

弥太郎はただでは起きない。それくらいでなくては身代を大きく出来なかっただろう。

「紹介しておく。おーい、寛次郎《かんじろう》。櫂五郎《かいごろう》もおいで」

弥太郎が手招きすると、二人の船乗りがこちらに小走りで向かって来た。一人は四十絡み、もう一人はまだ若い。二十歳かそこらだろう。歳こそ異なるが二人とも鞣革《なめしがわ》のように日焼けしており、精悍な顔つきをしている。弥太郎は年嵩の船乗りに手を向けた。

「こっちが平さんを運んでくれる『海童丸《かいどうまる》』の船頭、寛次郎だ」

「よろしく頼む」

「お任せ下せえ」

平九郎が会釈をすると、寛次郎はどんと己の胸を叩いて見せた。

「で、こっちが寛次郎の倅の櫂五郎。見習いで副船頭をやっている」

「頼む」

「何か不便があれば心置きなく仰って下さい」

櫂五郎は黒い顔に純白の歯を覗かせる。

「櫂五郎は若いが、将来有望な船乗りだ。目を掛けてやって下さいよ」

弥太郎が言うと、櫂五郎は照れ臭そうに、潮焼けした赤茶の髪を掻いた。

平九郎は将翁と共に海童丸に乗り込んだ。

「ことが終わり次第戻る。留守の間、頼んだぞ」

船縁から呼びかけると、船着場の赤也は手を挙げて了承の意を示した。

こうして平九郎は大海原へと出航し、一路陸奥を目指した。

第五章　蒼の頃へ

一

白波を割って船はゆく。飛沫《しぶき》が燦々《さんさん》と降り注ぐ陽の光を受け、銀の屑《くず》のように輝いている。

海童丸《かいどうまる》には船乗りが交代で雑魚寝する船室の他に、弥太郎《やたろう》が乗った時に使う個室がある。そこを将翁《しょうおう》の部屋としてくれていた。

これでも北海よりはましだというが、船は存外揺れるものである。躰が弱っている将翁には酷く応《こた》えるだろう。出航して間もなくは、

「えずく力も無いわ」

と、真っ青な顔で儚く笑っていた将翁だが、五日もした頃には随分容態もよくなった。

「何故、看病してくれる」

将翁は乾いた唇を動かした。平九郎《へいくろう》は常に将翁の側に付きっ切りであった。

「何故とは？」

「ここで死んだとしても、もう誰に咎められる訳でもあるまい」

確かにそうかもしれない。銭はすでに受け取っているし、弁助には無事に陸奥に送り届けたといえば確かめる術もあるまい。

別に好きでこの勤めをしている訳ではない。あくまで目的のために役立つと考えたからである。この稼業をしていて、時折思い出す言葉がある。

――人に良くしていれば、必ず巡ってくるものです。

というもの。その言葉をくれた者こそ、平九郎の妻であった。

依頼人の想いを遂げることが「良くする」に当て嵌まるかどうかは判らない。だが多くの者を騙し、謀《たばか》り、詐《いつわ》るこの裏稼業で、依頼人までも裏切ってしまえば、もう二度と表の暮らしには戻れなくなってしまう。そんな気がしているのだ。

平九郎は人吉《ひとよし》藩の下級藩士の家に生まれた。人吉藩は肥後《ひご》の小さく貧しい藩である。土地が痩せている為、米の実りはよくない。表高の二万二千百石よりも、収入が少ないこともままあった。昔は上士と下士で道場が分かれていたらしいが、平九郎が生まれた頃には藩の財政も逼迫しており、一つの道場で修練を行うことになっていた。

平九郎は幼い頃から剣の才があり、十五歳になった頃には、道場の中で太刀打ちできる者は誰一人いなくなっていた。

上士の子であろうが容赦なく打ち倒す。そのことに恨みを持つ者も多く、道場の外で上士の子らに囲まれたことなど数えればきりがない。

そこでも平九郎は容赦しなかった。三人で来れば三人を、五人でくれば五人を、完《かん》膚《ぶ》無きまでに叩きのめした。下士の子相手に複数で挑みかかり、しかも負けたとあれば聞こえも悪い。誰も吹聴することはなく、大して問題にもならなかった。平九郎は十五歳にして、小賢しくもそこまで見通していた。

だが上士の子らも黙っていない。五人でやられれば十人。十人でやられれば十五人と回を重ねるごとに数を増やして来る。

平九郎の家は城下町から大きく外れた郊外にあった。

道場で修練に励んだ帰路、長閑《のどか》な田園風景が広がり百姓たちが会釈する。田植の頃になると色鮮やかな菖蒲《あやめ》の花が咲く。それを目で追いつつ歩いていると、背後から複数の跫音が近づいてくる。平九郎はまたもや上士の子らに囲まれた。今回は二十人を超えている。人吉藩の主だった上士の子が全員揃っているのではないか。

「恥ずかしくないのか」

平九郎は痛烈に罵ったが、上士の子も意地になっており攻めかかって来る。平九郎も大いに暴れたが、遂に数の力に屈した。

頭を打たれて気を失っていたのだろう。目を覚ました時には襤褸《ぼろ》雑巾のように路傍に転がっていた。躰が痛み起き上がるのも億劫になる。平九郎は目に腕を当てて暫くの間伸びていた。

「生きている……？」

「ああ」

「死んでいるかと思いました。起き上がれますか？」

「放っておいてくれ」

「放っておけません」

腕を除《の》けると女が覗き込んでいる。燦々《さんさん》と降り注ぐ陽射しが眩しく、女の顔は影になってよく見えない。

「唾を付ければ治る」

「そんな唾があるならうちが欲しいくらい。起き上がれる？」

女は背中に手を回して起こそうとする。力が弱く大柄の平九郎を起こせない。それでも懸命に起こそうとする女を見て、平九郎は悪い気がして自らひょいと起きた。

起きて初めて分かったが、年の頃は己と同じかもう少し下ではないか。女と言うよりも娘である。武家の娘ではないようだが、かといって野良着でもないので百姓とも違う。町方、商人の娘であろうか。

肌は透き通るほど白い。普段外を歩かないのだろうか、頰の辺りが日焼けで紅を差したように赤くなっている。何か犯し難い気品の漂う美人である。

「この通りだ」

強がってみせたが躰に痛みが走り顔が歪んだ。

「何があったんですか」

「いつものことさ」

普段ならばこんなことは話さない。だが顔を直視するのが気恥ずかしく、無意識に間を持たせようと思ったか、己の身に降りかかったことを話した。

「また道場で叩き潰してやる」

平九郎は悪態をついて膝を立てた。

「それではまた恨みを買います」

「じゃあ、黙っていろってか」

返答に窮するだろうと思ってそう言い放ったが、娘はことも無げに、

「ええ」

と、微笑んでみせたので、平九郎は呆気に取られてしまった。

「舐められる」

平九郎がぽつんと言うと、娘はすぐに切り返す。

「いいではないですか。舐められても」

「人を恨めば、それはまた自分に返ってきます」

押し黙る平九郎に向け、娘は静かに言葉を重ねた。

「反対に人に良くしていれば、それも必ず巡ってくるものです」

「妙に説教臭いな」

「父の受け売りですから」

「そうか」

平九郎はまた顔を背ける。娘の顔があまりに近くにあったからである。

「家に塗り薬があります。付けると傷が早く塞がると評判です」

「悪いさ」

薬といえば高価と決まっており、平九郎は一度も使ったことはなかった。

「あげるとは言っていません」

「ん？」

「私の父は医者。薬も売っています。小瓶なら五文。それなら買えますか？」

「おお、押し売りか」

「そうそう。だから怪我人を見ると放っておけないのです」

娘がくすりと笑い、平九郎も思わず噴き出してしまった。先ほど傷に付けて治る唾があるというなら、うちで買いたいと言った意味も解った。

「このあたりの医者というと……」

「腰替仁軒《こしがえじんけん》です」

「やはり」

腰替家は郷士で帯刀も許されている。それと同時に代々の当主が医者を務めるという変わった家である。その腕は滅法よく、藩の御典医からも相談を持ち掛けられ、時には内密に藩主の脈を取ることもあると噂されている。郷士という身分であるから多くの町方、百姓を診ており、腰替家にはその経験が蓄積されているらしい。

「そこの娘は確か……」

「初音《はつね》です。以後お見知りおきを」

初音は笑った。それは夏そのものが人となって現れたかのような、眩しいほどの笑顔である。

後に妻となる初音との出逢いは、茹《うだ》るほど暑い夏の日であった。

「くらまし屋殿……」

将翁が怪訝そうに顔を覗き込んでおり、追憶から引き戻された。

「ああ、何故ここまでするかだったな……勤めだからさ」

将翁は何か言いたげにじっと見ていたが、暫く間を置いて、

「色々あるのだろう」

と、掠れ声で言った。

「爺さんこそ何故、ここまでして向かう。それに何故船で、何故皐月なのだ」

何かを見抜かれたように思えたからか、自分でも愚かしいほど狼狽《うろた》え、平九郎は矢継ぎ早に訊いて話題を転じようとした。

「誰にも話したことのない、爺の昔話じゃよ」

「間もなく死ぬ。吐き出しておけ」

「これは痛烈じゃな」

まるで親子どころか孫ほど年が離れている。言い過ぎたかと思ったが、将翁は初めて声を立てて笑った。

「そうじゃな。吐き出しておくか……」

将翁は横臥したまま零した。

「俺でよければ聞く」

「赤の他人のほうが吐き出しやすいわい」

「ご挨拶だな」

将翁はやはり嬉しそうで、目を細めてぽつぽつと己の過去を話し始めた。

「もう気付いているかも知れぬが……豊間根《とよまね》村は儂の故郷だ」

将翁は豊間根村の半農半士の庄屋の家に三男として生まれた。その姓も元来は村の名と同じ豊間根であったらしく、名を友之進《とものしん》と謂ったらしい。

豊間根村は山がちで広さの割に耕せる土地は多くない。ただ大きな湾に面しており、豊かな漁場を有している。故に村の者は半数以上が何らかの形で漁にかかわりを持っている。その湾の真ん中に小さな島がある。

寛永二十年（一六四三年）に、阿蘭陀《オランダ》の船、ブレスケンス号が流れ着いたことから、「阿蘭陀島」と呼ばれるようになった。陸奥の片田舎でありながら、そのように身近に異国の香りが漂うからこそ、幼い将翁の好奇の心は育《はぐく》まれたといえよう。

「儂は学問が好きでな。家が裕福であったため、父に頼み込んで多くの書物を取り寄せて貰った」

将翁は貪《むさぼ》るように書物を読み漁り、遂には全て諳《そら》んじるほどになった。好きであると同時に向いていたということだろう。

「笑うなよ」

将翁はそう前置きして、照れ臭そうに続けた。

「十四の頃……儂は恋をした」

平九郎は片眉を上げてみせた。

「笑わないのか」

将翁は眉間に皺を寄せて怪訝そうにする。

「笑わないさ。誰しもそんな時はあろう」

将翁のほうが微笑んだ。確かに、間もなく人生を終えようとする老人が使うにしては、恋とは若すぎる語彙かもしれない。嗤うような心無き者もいよう。

だが平九郎には若者たちが口にする恋と何ら変わりなく純粋であるように思えた。

人は長じるにつれて世に揉まれて多くのものを心に閉じ込め、老境に差し掛かってようやくふっと取り出すものなのかもしれない。

「儂より一つ年下で、名を絹《きぬ》と謂った」

絹は百姓の娘であった。将翁は何とか気を引こうと、顔を合わせる度に話し掛けたという。村一番の物識りとなっていた将翁の話を聞き、絹はころころと鈴を転がすような声で笑ったらしい。

庄屋の子とはいえ将翁は三男である。将翁の父も想う者と一緒になればいいとかねがね言っていた。そのうちたびたび二人きりで会うようになった。

将翁が恋に落ちて一年が経った頃、絹も憎からず思うようになり、許嫁《いいなずけ》の約束を交わすことになった。

「だが儂には夢があったのだ」

将翁の夢、それは上方に出て学問を修めることであった。その当時はまだ江戸よりも、上方のほうに在野の学者が多く、その中に将翁が教えを請いたい者がいたらしい。絹とは一緒になりたい。だが夢も捨て難い。将翁が出した結論は、期限を決めて学問を修め、その後に国元に帰って祝言を挙げようというものであった。

「絹は快くそれを受けてくれた」

十七歳の皐月に豊間根村を出て、二十一歳の年が終わるまでに帰る。これが将翁と絹が交わした約束であったらしい。

その年の何時《いつ》に帰るか教えて貰わなければ、お迎えに出られない。絹はそう言って頬を膨らませたが、上方を出る日取りを今から決められるはずも無く、また風の具合によっても大きく変わる。絹がそこまで想ってくれていることは嬉しかったが、これぱかりは仕様がないと将翁は苦笑した。

——では一本松にこれを括っておきます。

豊間根の浜に大きな松の木があり、その木陰に並んで座り、二人でよく語らった。その一本松に、将翁から貰った茜《あかね》染めの手拭いを括りつけておく。これで帰って来たという実感も湧き、寂しくないだろうと絹は笑ったという。

「だが儂は帰ることはなかった……上方に向かう途中、嵐に見舞われて船が難破したのだ」

延宝九年（一六八一年）のことである。大時化《しけ》の波に呑まれて船は大破、転覆した。絹と祝言を挙げるまでは死ねない。何としても帰らねばならない。その一念で将翁は板きれに摑まって懸命に生きようとした。

翌日、波間に漂っていた将翁を救い出したのは、たまたま近くを通りかかった清国《しん》の船であった。

「儂はそのまま清国に連れて行かれたのだ」

将翁は当然ながら帰国を希望し、清国の役人も便宜を図ろうとしてくれた。しかし幕府はいかなる理由があろうとも、国外に出た者が戻ってくることを許さなかった。許可を得られず時だけが無為に過ぎていった。一年、二年、絹と約束した四年が過ぎても帰国の糸口すら摑めない。

将翁は己自身の価値を高めようとした。ひたすら学問に励んだのである。そうすれば幕府は有意な人材だと見做《みな》し、帰国を認めるかもしれないと考えたのである。

その頃には清国の者と会話程度は出来るようになっていたし、漢籍も読めた。だが清国で学問を修めるとなると、より高度な知識が必要となる。親子ほど年の離れた若者にも、散々馬鹿にされた。それでも将翁は諦めることはなかった。

そして将翁の目論見《もくろみ》はやがて達せられることになる。

「だが全てが遅かった。御伽噺の浦島《うらしま》のようにな」

将翁が帰国したのは享保六年。船が難破してから実に四十年の時が流れていたのである。

五十七歳になった将翁はその時に姓を阿部《あべ》に改めた。何でも清国では「阿」の字を、子どもの名につけて呼ぶらしい。これを大人に付けることは嘲笑の意味も含まれている。将翁は自らの境遇を嘲《あざわら》い、そのような姓を用いたという。

「その時に故郷には戻らなかったのか？」

平九郎は率直に訊いた。将翁は首を小さく横に振る。

「どうして戻れよう。四年の約束のはずが、四十年も待たせたのだ……いやもう待っていないことは解っていた」

恐らく絹は誰かの元へと嫁いだだろう。頭ではそう理解していたが、将翁の心は十七歳の若者のまま止まっていた。絹への想いが捨てきれなかった。

船さえ沈まなければ、絹の横にいたのは己なのだ。会えば年甲斐もなく妬心を抱く。そして己の不運を呪って自死さえも考えるに違いない。聡すぎる将翁はそれが解っていたからこそ、採薬使として全国を行脚しながらも、たった一つ故郷の地だけには足を踏み入れなかった。

「毎年皐月になれば、何故あの時船に乗ったのかと後悔したものよ」

「だから皐月か」

将翁はゆっくりと瞬きをして口を開く。

「余命幾許も無いと知った時、次が最後の皐月だと知った時。儂の中で何かが弾けたのだ」

己はここまでの長寿を得たが、絹は生きているかどうかも解らない。その見込みは殆ど無いと思われた。ただでさえ遥か昔の約束である。さらに時を重ねて七十二年前のこととなっている。自己満足だということは己が一番知っている。それでも死ぬ間際に果たしたい。この世の人でなくなっているのならば、せめてその墓に参りたい。その一心で故郷に戻ろうとしたという。

「そうか……」

平九郎は自身の境遇に重ねて考え込んでしまった。

初音と娘が姿を消したのは三年前のことである。もう死んでいると言った者もいたが、平九郎は今もどこかで生きていると確信している。何者かに連れ去られたと考えているのだ。初音はその証となるものも残している。

裏稼業の中には人を攫うことを生業にしている者がいると知ったのは、それから間もなくのことである。蛇の道は蛇。そう考えて平九郎は江戸に出て、自身も人を晦ませるという裏稼業に手を染めた。そこで得た金も二人を捜すために惜しみなく投じている。

だが時々、不安に駆られることもあった。このまま何十年も会えないまま、己は人生を終えるのではないかということである。

「くらまし屋殿、お主も誰かを捜しているのか」

将翁は優れた智嚢《ちのう》を持っているからか、それとも年を重ねると様々なことが見えるのか。やはり見抜かれている。

「……ああ」

それを認めたのは茂吉、赤也、七瀬以外に初めてのことであった。

「心配無い」

「何故、そう言える」

「あの頃の儂と違い、お主の目は死んではいない。願いは諦めぬ限り必ず叶う」

他の者に言われれば気休めと取るだろう。だが将翁の送った一生を思えばその言葉は心に突き刺さった。

「そう信じている」

「その意気だ」

将翁は色の薄い唇を綻ばせると、語り疲れたのか目を瞑る。暫くすると寝息が聞こえて来た。

平九郎は立てた膝に顔を埋めた。波に揺られて船が軋む。その音が啜《すす》り泣く声を掻き消してくれる。平九郎は額の上で組んだ両手を震わせながら、改めて誓いを胸に刻んだ。

二

海童丸は仙台に入港すると、球磨屋の手代四人を下ろした。彼らは弥太郎の命を受けており、これから仙台藩と関わりの深い佐村屋と、丁々発止の戦いを繰り広げることになるのだろう。

船旅は佳境を迎えている。仙台を離れた海童丸は豊間根村を目指した。

「旦那、いよいよ着きます」

副船頭の櫂五郎が個室に報せに来てくれた。

「分かった。船が止まれば将翁を連れて……」

言いかけた時、将翁が身を起こそうとしたので、平九郎はさっと背に手を添えた。

「無理をするな」

「心配無い、甲板に出させてくれ。この目で故郷を見たいのだ」

将翁はこの船旅でさらに痩せ衰えていたが、その目はまだ死んでいない。むしろ生の残りを一気に燃やしているかのような熱が籠っている。

「分かった。手伝う」

平九郎だけでなく櫂五郎も手伝ってくれ、両脇を抱えるようにして甲板へと出た。心地よい潮風が髪をなぞり、海をそのまま映したかのような蒼空が広がる。海猫はまるで旧友の帰りを喜ぶかのように、絶え間なく囂《かまびす》しいほどに鳴いていた。

「ああ……」

将翁は声にならぬ声を漏らした。

七十二年ぶりの故郷なのだ。その故郷に恋の終わりを告げるためだけに老人は戻った。

哀しくも美しい。

人とは詰まる所このようなものではないか。

「ここからは浅瀬になりますので小舟で。私がお運びします」

投錨したところで櫂五郎が言った。

「将翁、もうすぐだ。気張れ」

平九郎は将翁を背負い、縄梯子を下りて櫂五郎の乗る小舟へ降り立った。櫓《ろ》を漕いで浜へと近づく。白い砂浜が陽射しを受けて輝いている。

小舟が砂に擦れて乗り上げる。櫂五郎は残り、平九郎は将翁の手を取って浜へと降りた。波が踝《くるぶし》を撫ぜて去っていく。

肩を貸しながら歩んでいくと、将翁が前にぐらついた。いや手を解いて一人で歩もうとしたのだ。

「おい、危な――」

思わず伸ばした手が固まった。将翁が何故慌てて歩み出したのか、その答えが解ったのである。

浜から近いところに一際大きな立派な松の木が立っている。その太く逞しい枝に茜色の手拭いが括りつけられていたのだ。

「まさか……」

平九郎は茫然として海風に揺れる手拭いに目を奪われた。将翁は覚束ない足取りで松の木の元へと歩を進めると、手拭いに触れた。

七十二年の時を経ているのだ。潮風で数年の内に襤褸になってしまうだろう。同じ手拭いがあるということは有り得ない。だが確かにそこに手拭いは括られているのだ。

「絹……」

平九郎は拝むようにして手拭いを握る将翁の背を見つめた。

「将翁、確かめに行くか」

二人は豊間根村へと向かった。絹の生死を確かめるためである。

「ここが絹の家だったところだ」

それほど大きくはないどこにでもある茅葺《かやぶき》の家である。その前に立ち尽くしていると、丁度、家の中から誰かが出て来た。中肉中背の男である。歳は四十を過ぎたところか。野良着姿であること、手に鍬《くわ》を持っていることから百姓であるのは間違いなさそうだ。

「うちに何か？」

男は少し怯えたような表情になって尋ねた。

「ここに……昔住んでいた方について訊きたい」

「はあ……」

男は要領を得ないようで首を少し捻った。将翁の喉が動く。そして意を決したように訊いた。

「絹という方なのだが」

「ああ、うちの婆さんですか」

男は小六《ころく》と謂い、絹の孫にあたるらしい。

「詳しく聞かせてくれないか」

将翁が頼み込み、男は未だ怪訝そうではあるが教えてくれた。

絹は将翁が上方を目指して旅立った八年後、隣村の百姓の元へと嫁いだ。そこで男二人、女一人を産んだという。実家に跡取りがいなかったことで、次男がこの家を継いだ。小六はその次男の息子ということらしい。

「絹……殿は?」

「おいらが十の時に」

「そうか」

やはり絹はすでに亡くなっていた。今より三十三年も前のことで、将翁が帰国した時にはもうこの世にはいなかったことになる。

「浜に茜染めの手拭いがあるのだが……何か知らぬか?」

「あれはおいらが括ったものです」

「何……」

茜染めの手拭いは高価なもので、わざわざ百姓が買い求める代物ではない。

「婆さんの遺言でね」

小六は懐かしそうに語り始めた。

絹は決して裕福ではないにもかかわらず、毎年必ず茜染めの手拭いを買い求めた。嫁ぐ時に出した唯一の条件がそれであったらしい。そして、浜の一本松に祈るようにして括りつけていたというのだ。

絹は死ぬ間際にも自分の子、小六の父に対して、

――毎年、手拭いを替えておくれ。

と、頼み込んだという。海の神を鎮めるための儀式か何かと考え、絹の死後もずっと繰り返された。そしてその父も一昨年死に、手拭いの儀式は小六へと受け継がれた。

「爺様は手拭いの意味をご存知なので？」

小六が思いついたように尋ねた時、将翁は天を仰いでいた。空に何かを呼びかけるように。

「きっと禱《いの》っておられたのでしょう」

否定も肯定もしない。将翁は優しい語調でそっと答えた。

小六の元を辞すと、二人はもう一度浜へと戻った。将翁は借りていた平九郎の手を離すと、囁くように言った。

「いよいよ別れじゃな」

これで依頼は完遂したことになる。平九郎はこれから江戸に取って返す。

「共に戻るか……？」

無駄とは解っていたが訊いた。戻るまで躰が持たないという意味ではない。そうで

なくても将翁はもう戻ろうとしないだろう。思っていたとおり、将翁は首を横に振り、浜に残ると言った。

「世話になった」

「勤めさ」

将翁はふっと頬を緩めた。波の音が二人を包み込む。その調べに溶かすように、将翁は優しく言う。

「そうか。大変な勤めだ」

平九郎は波際まで行き、小舟に乗り込む。

「よろしいので……？」

待っていた櫂五郎は平九郎の背後を見て、心配そうに尋ねた。平九郎は小さく頷いて見せた。

「ああ。ようやく帰ったのだ」

櫂五郎が小舟を漕ぎ出す。平九郎は振り返らなかった。そして停泊する海童丸の傍まで来ると、縄梯子が下ろされて乗り込む。甲板では小舟を引き上げるための段取りに追われ、船乗りが慌ただしくしていた。

鴨頭草《つきくさ》のような青に白い筋の混じり始めた空を見上げているうち、抜錨し、海童丸は海面を滑るように動き始めた。

そこで初めて平九郎は浜の方を見た。一本松の下で胡坐を掻く将翁の姿が見えた。将翁はぴんと背を伸ばし、潮風を全身に受けている。蒼に彩られた景色の中、握りしめた茜色は遠く離れても一際鮮やかに映る。

若い日の己の出立を思い出しているのか。いやもう後悔の念は霧散したのではないか。別れ際の将翁の笑みがそれを物語っていた。

今はただ残された時を、蒼い海、蒼い空、蒼い頃との会話を楽しんでいる。

平九郎にはそう思えてしかたなかった。

終章

江戸に本格的な夏が来た。

茹《うだ》るような暑さと、耳が痛くなるほどの蟬の鳴き声の中、平九郎《へいくろう》は市中を歩いていた。向かう先に人だかりが出来ている。

「冷やっこい水ー、あまーい水はいかが」

威勢の良い声が聞こえて分かった。冷や水売りが出ているのだ。

冷や水売りは夏の風物詩の一つである。砂糖と白玉の入った冷たい水を、錫《すず》の茶碗に入れて売る。冷や水売りにもよるが、相場は一杯四文。客がさらに甘いものを望むと、八文、十二文と値は高くなるが砂糖を多く入れて売ってくれる。

「あれには勝てねえな」

平九郎は小さく舌打ちして通り過ぎた。夏が最も飴細工の売れ行きが悪い。夏に喉の渇く飴を食べようとする者も少ないし、そもそも暑さで細工をしても溶け出してしまうこともある。

だが平九郎の飴は暑さに強い。夏になれば配合を変えるのだ。これを編み出したのは平九郎ではなく、飴の師匠である。それでも流石に冷や水売りには勝てない。

明日からは飴細工に励もうと思っている。飴細工は平九郎にとって日常を取り戻してくれる。故に今朝帰ったばかりではあるが、今日のうちに波積屋《はづみ》に顔を出そうと考えたのである。

大きく「はづみや」と書かれた看板を見て改めて戻ったという実感が湧く。暖簾を片手で持ち上げながら平九郎は店の中に足を踏み入れた。

「久しぶり」

「平さん！」

声を掛けると複数の声が重なって飛んで来た。茂吉《もきち》は包丁を動かす手を止め、七瀬《ななせ》は危うく盆を落としそうになる。奥の座敷では赤也《あかや》が立ち上がろうとして膝を卓に強《した》かに打ち、お春《はる》は口に手を添えて、ぱあっと明るい顔になる。

「おう」

「いつ戻ったんだい？」

赤也は膝を摩《さす》りながら立ち上がる。

「今朝着いたばかりさ」

「ああ。海の上が長かったせいか、陸が揺れている」

七瀬は爽やかな笑みと共に労ってくれ、反対に平九郎は頬を歪めて苦く笑った。

「腹は減ってないかい？　何か作るよ」

「すまねえな。じゃあ頼むよ」

平九郎が板場に向けて片手で拝むと、茂吉は包丁を持った腕を叩いて見せた。

「平さん」

知らぬ間に目の前にお春がちょこんと立っている。

「お春、元気にしてたか」

「うん。お帰りなさい」

「ただいま」

お春は満面の笑みを見せ、弾むように頷いた。

赤也が手招きする座敷に向かいながら平九郎は訊いた。

「お春、随分慣れたみたいだな」

「まだまだだけど、頑張っているかな」

「すっかり一人前さ」

「ご苦労様」

板場から茂吉が身を乗り出して言った。

「大将、まだ半人前」

お春は恥ずかしそうに返した。

「もう少し休めって言っているんだけど、よく働いてくれるよ」

波積屋の主な客は近くの材木問屋で働く若い者たち。安くて旨い波積屋はいつも繁盛している。時化《しけ》で船が出せず、材木の運搬が滞《とどこお》った時などは俸給も貰えない。故に波積屋に通う客足も遠のき、比較的暇な時が続く。そのような時には茂吉は、休むように言っているらしい。

「つい先日もお暇を貰ったもの」

平九郎は初耳だったが、お春は月に一度は田安《たやす》稲荷に参拝に出掛けるという。二日前に七瀬に付き添って貰い、詣でたばかりだという。

「私にとっては一番の神様だから」

菖蒲《あやめ》屋から逃げていたお春は、偶然出会った飛脚の風太《ふうた》から教えられ、田安稲荷の狐の像の下に助けを求める文を埋めた。これはくらまし屋へ繋ぐ方法の一つであり、そのことで平九郎らが救い出したという経緯がある。以来、田安稲荷を大事にしているのだろう。

「遊び仲間も出来たんだよね」

七瀬がくすりと笑うと、お春の頬が微かに赤くなる。

田安稲荷にお春たちが訪れた時、同じ年頃の男の子が参っていたという。男の子は大層な願いをしているのか、長い間目を瞑って手を合わせていたらしい。

――遊び仲間が出来ますように。

お春も手を合わせてお願いした。その時、横から声が掛かったのだ。

「何を願ったんだ？」

あまりに唐突であったから、お春は思わず切り返した。

「そっちこそ」

ふと背後を振り返ると、七瀬が好ましげな目で二人のやりとりを眺めていた。

「俺は……夢が叶いますようにって」

「夢？」

お春が首を傾げると、男の子は白い歯を見せて笑った。

「火消」

「あ……」

「どうしたんだよ。暗くなって」

お春が逃げた時、菖蒲屋が追手に差し向けたのが出入りの火消、所謂鳶《いわゆるとび》だった。そしてその鳶たちに取り押さえられたのもこの田安稲荷。あまりいい思い出ではなかったから俯いてしまった。

「嫌なことされてね」

「どこのどいつだ。火消の名を落としやがって」

男の子は顔を赤くして憤《いきどお》っている。

「悪い火消もいる。でも凄い火消もいるんだぜ。全員を悪く思わないでくれよな」

もう自分も火消になったような口振りである。

「うん。そうだよね」

平九郎も世間では恐れられている裏稼業の者と知っている。しかしお春はその優しさを誰よりも知っていた。火消の中にもきっと良い人はいるのだろう。

「で、何を願ったんだ？」

「遊び仲間が出来ますようにって」

「いないのか？」

「うん。ずっと奉公に出ていたから」

「じゃあ、俺がなってやるよ」

「え……でもこの辺の子じゃあ……」

お春は波積屋に住み込みで働いている。田安稲荷から波積屋まではなかなか距離があるのだ。場所を告げても男の子はそれくらい何ともないと笑ったという。

「へえ、そんなことがあったんだな」

七瀬から経緯を聞きつつ、平九郎は手酌で酒を呷《あお》った。

「俺も知らなかった。よかったな」

赤也は揶揄《からか》うように、歯の隙間から息を漏らす笑い声を上げる。

「五日後、近くまで来てくれるんだって」

七瀬も盃をくるりと回して嬉しそうに言う。

「心配無いんだろうね。その坊主」

茂吉はこの話は二度目だというが、すでに父親代わりの心境なのか眉間に皺を寄せている。七瀬は丸い溜息を零して答えた。

「大将は心配性なんだから。大丈夫だって。下駄職人の息子らしいわよ。確か名は……」

「武蔵《たけぞう》」

「そうそう」

お春がぽつんと言い、すぐさま七瀬が相槌を打った。

「ならいいんだ。遊んでおいで」

茂吉が優しく言うと、お春はぺこりと頭を下げて礼を言った。

「お春、よかったな」

「うん！」

お春は今日一番の笑顔を見せた。平九郎はそれを眺めて、冷たい酒を呑み干して微笑んだ。

「平さん、連中だが……」

赤也が声を落として話す。幕府は将翁《しょうおう》の探索を打ち切ったらしい。将翁が死んだとして、葬儀まで出させたのは幕府である。大っぴらに聞き込みも出来ない。それに加えて、

「奴らの手に渡っていないことが伝わったか」

恐らく攫ったのが虚《うつろ》でなかったということも知れ、不安は持ちつつも一旦落ち着いたのではなかろうか。

その証左に、薬園、道中両奉行の配下で表立って処分を受けた者がいない。口止め料の代わりといったところか。

「爺さんは？」

赤也は盃を顔の前に持ってくる。

「ああ。逝ったろう」

「そうか」

言うと、赤也は祝うように一気に酒を呑み干した。

戻ったばかりだからか、半刻ほど呑んでいると酔いが回って来た。

「さて、帰るとするか」

平九郎が腰を上げるると、頬を染めた赤也が手を伸ばす。

「平さん、もう少しいいじゃねえか」

「明日は飴を仕込まなくちゃならないからな。朝が早いんだよ」

暫く江戸を離れていたため仕込みをしていない。仕込みは大層手間が掛かる作業で、炉《ろ》に付きっ切りになるのだ。

「俺も手伝うからよ」

「赤也、無理を言っちゃいけないよ」

板場から茂吉が窘《たしな》めると、赤也は口を尖らせて肴代わりに塩を舐めた。茂吉はこちらを見て微笑むと小さく頷いた。

「七瀬、お春、またな」

「平さん、またね」

二人に見送られて平九郎は波積屋を出た。

ざっと酉の刻か。だが昼が長くなってきたからまだ辺りは明るい。茜《あかね》と藍が入り混じった空の下、平九郎は家路に就いた。夜を拒むかのように蜩が鳴いている。

「出逢いと別れか」

平九郎はぽつりと言って細く息を吐いた。

人には出逢いと別れはつきものである。将翁と絹がそうであったように、出逢いは笑みだけをもたらすとは限らない。そして形はどうあれ、いずれ必ず別れの時は来る。それでも人が出逢うことを止めないのは、それが人生で最も美しいことと、生まれながらにして知っているからかもしれない。

「まだ終わっちゃいねえよ」

初音と娘のことである。別れはいつか来るかもしれないが、決して今ではない。平九郎は必ず見つけ出すと改めて誓った。そのためには鬼にでも修羅にでもなる覚悟である。

「爺さん、そっちはどうだ」

平九郎は北の空に向けて問うた。今頃、将翁は絹と再会しているだろうか。もしそうならば遅かったと責められているに違いない。

地と空の境は濃い茜色。天に近づくにつれて蒼が漸増《ぜんぞう》して藍になる。まるで二人が語り合って、静かな夜を呼んでいるかのように。

突然、蟬の声が一層高くなった。それがしわがれ声での返事のように思え、平九郎はふっと頰を緩めた。

平九郎は行く。真に帰るべき場所に至るまでの仮屋《かりや》を目指し、刻々と藍に落ちていく江戸の町を行く。

蟬の鳴き声は鳴り止まない。夏は盛りに近づいているのだ。

〈参考文献〉

『江戸の植物学』大場秀章（東京大学出版会）
『影の戦士たち——甲賀忍者の実像に迫る——』（滋賀県立安土城考古博物館）

本書は、ハルキ文庫（時代小説文庫）の書き下ろし作品です。

時代小説文庫
い 24-3

夏《なつ》の戻《もど》り船《ぶね》 くらまし屋《や》稼《か》業《ぎょう》

著者 今《いま》村《むら》翔《しょう》吾《ご》

2018年 12月18日第一刷発行
2019年 1 月18日第三刷発行

発行者 角川春樹

発行所 株式会社 角川春樹事務所
〒102-0074 東京都千代田区九段南2-1-30 イタリア文化会館

電話 03(3263)5247[編集] 03(3263)5881[営業]

印刷・製本 中央精版印刷株式会社

フォーマット・デザイン&シンボルマーク 芦澤泰偉

ISBN978-4-7584-4218-3 C0193

http://www.kadokawaharuki.co.jp/[営業]
fanmail@kadokawaharuki.co.jp[編集] ご意見・ご感想をお寄せください。